우리 **커피점**에는
작은 마법사가
들어앉아 있다

무조 아츠시
커피점 로코의 아르바이트생.
잔걱정 많은 재수생.
"인생이 풍요로워도
가게가 망할 거 같은데요……."
"그건 곤란해.
어떻게 좀 해봐."
쇼타로
커피점 로코의
일하지 않는 마스터.

contents

the small wizard

freeloading a

my coffee shop

우리 커피점에는 작은 마법사가 들어앉아 있다

the small wizard is
freeloading at
my coffee shop.

테시마 후미노리 지음
카라스바 아메 일러스트
정우주 옮김

S NOVEL

커버 그림, 본문 일러스트 | **카라스바 아메**

프롤로그

커피점 '로코'──카운터석을 포함해 열여섯 자리뿐인 작은 가게다.

바닥과 벽은 윤을 낸 떡갈나무로 만들었고, 천장이나 그 근처에 있는 벽은 새하얀 회반죽으로 발라서 굳혔다. 바리스타가 걸을 때마다 나무판이 작게 삐걱거리며, 켈트 풍의 조용한 음악이 흐르는 가게 안에 메트로놈처럼 울린다.

시각은 오전 열 시. 아직 개점 직후이기도 해서 가게 안에 손님은 한 사람밖에 없다.

그런 쓸쓸한 커피점이지만, 이곳에는 딱 한 가지 비밀이 있었다.

"어서 오세요."

오늘 첫 손님은 작은 소녀였다.

허리까지 덮는 새까만 머리카락은 붉은 머리띠로 정돈했다. 커다란 유리 같은 눈동자 테두리에는 긴 속눈썹이 나 있고, 어리면서도 코는 오뚝하게 서서 생김새가 단정하다. 앞으로 10년이 지나면 자못 아름다운 아가씨로 성장하리라. 그런 가련한 소녀다.

가는 손가락으로 얼굴에 걸린 긴 머리카락을 쓸어 올리자, 한쪽 귀에 드리워진 커다란 귀걸이가 흔들렸다.

금색 십자가였는데, 그 중심에 둥근 테를 겹친 독특한 디자인이다. 켈트 십자가라는 종류인 모양이다. 어지간히 소중한 물건인지, 그녀가 그 귀걸이를 빼고 있는 모습을 본 적이 없다.

"……오늘의 커피를 주세요."

소녀는 고개를 꾸벅 숙이고 주문을 마치자, 그대로 창가 자리로 가서 걸터앉았다.

다만 그 차림새는 세일러복이었지만, 등에는 붉은 란도셀*을 짊어지고 있었다.

어떻게 봐도 초등학교 고학년쯤 되어 보이는 여자아이다.

의무교육도 마치지 않은 그런 어린 소녀가 어째서인지 평일 오전 중부터 커피점 구석에서 두꺼운 책을 펼치고 있다. 참으로 기묘한 광경이다.

쿠조 아츠시는 카운터 안쪽에서 그런 소녀를 바라보며, 커피 사이펀을 알코올램프에 올렸다.

사이펀은 아래 절반은 막힌 구체이고, 위 절반은 비커처럼 입을 벌린 형태의 기구다. 하부에 물을, 상부에 간 커피콩을 넣게 되어 있는데, 불에 올려놓으면 뜨거운 물이 혼자서 위로 이동한다. 증기에 밀려서 그런 현상이 일어난다나 보다.

보기에 좋으니 손님을 끌어들일 겸 밖에서도 보이는 곳에서

---

* 란도셀: 일본 초등학생들이 주로 매는 책가방

따르도록 하지만, 그다지 효과가 있는 것 같지는 않다.

이윽고 진공관을 타고 뜨거운 물이 오르기 시작하며 커피콩을 담은 위쪽으로 이동하자, 아츠시는 불을 껐다. 그런 다음 투명에서 검정으로 물들어가는 뜨거운 물을 머들러로 가볍게 섞는 것이다.

이대로 뜨거운 물이 떨어지기를 기다리면 완성이지만, '로코'에서는 다시 한 번 불에 올린다.

이러면 훨씬 더 깊은 맛의 커피를 추출할 수 있는 효과가 있지만, 이 가게의 경우는 그저 단순히 경비 절감을 위해서다. 적은 커피콩으로 훨씬 더 좋은 맛을 내려고 하면 이렇게 된다.

그리하여 커피가 완성되면 사이펀을 알코올램프에서 내리고 컵과 함께 쟁반에 얹는다. 작은 용기에 우유를 따르고, 각설탕이 채워진 작은 병도 빼놓지 않는다.

아츠시는 카운터에서 나가, 쟁반을 한 손에 들고 유일한 손님인 소녀의 곁으로 향했다.

가까이 다가가서 보니 소녀에게는 표정다운 표정이 떠오르지 않아서 정교한 인형이 앉아 있는 것이 아닐까 하는 착각을 느꼈다.

그래도 아츠시는 헛기침을 크흠 하고서 목소리를 높였다.

"오래 기다리셨습니다. 오늘의 커피입니다. 제품명은……."

아츠시의 말을 가로막듯이 소녀가 빤히 눈동자를 맞췄다.

그 눈동자는 양쪽 모두 자청색 같지만, 자세히 보면 왼쪽 눈은 초록이었다. 오드아이인데 고양이 등의 동물에 곧잘 볼 수 있는 증상이다. 일본 여성 연예인 중에도 이런 눈동자를 가진 인물이 있는데, 인간이어도 드물게 있는 모양이다.

전혀 표정이 변하지 않아서 노려보는 것처럼 보이지만, 그녀는 딱히 커피가 마뜩잖은 것도 아니거니와 아츠시에게 적의를 품은 것도 아니다.

제품명은 스스로 맞히겠다는 의사표명이었다.

아츠시는 어깨를 으쓱이고 테이블에 컵과 작은 병을 늘어놓은 다음, 마지막으로 사이펀에서 컵으로 커피를 부었다.

가슴이 후련해지는 것처럼 향기로운 향이 가게 안에 퍼졌다.

소녀는 컵을 손에 들고 조용히 향을 즐기더니 입을 열었다.

"이 살짝 시큼함이 강한 향은 만델링이로군요."

종이 굴러가는 것 같은 목소리를 듣고, 아츠시는 저도 모르게 휘파람을 불었다.

"정답. 향으로만 잘도 알아차리는구나, 앨리스."

아츠시가 이곳의 점원이 된 지 한 달이 되었지만, 아직 맛으로 제품명을 맞히기는 어렵다. 향으로만 따지려면 더더욱 고난이리라.

그런데 이 소녀——앨리스는 어린 외모와는 다르게 향으로만 제품명을 맞히고 만다.

이 재능을 이용하면 장래에는 멋진 바리스타가 될 수 있으리라.

"당연한 일이에요. 이만큼 정성스럽게 향을 내주었는데 제품명도 모르면, 커피에 대한 실례니까요."

기묘할 만큼 어른스러운 소녀는 자랑스럽게 가슴을 폈다.

"하지만 설탕과 우유를 넣을 거지?"

아츠시의 섣부른 한마디를 듣자, 앨리스의 딱딱한 표정이 갑작스럽게 굳었다.

"어, 아니, 딱히 심술부리려고 한 말이 아니야. 맛있게 마셔준다면 뭐든지 상관없어."

아츠시는 어디까지나 소녀를 달랠 의도였지만, 그것은 불에 기름을 부을 뿐이었다.

앨리스는 입술을 꾹 다물고 선언했다.

"알겠습니다. 그럼 오늘은 우유를 넣지 않고서 마셔보겠어요."

——설탕은 넣는구나…….

역시 입 밖으로 내지 않았지만, 앨리스는 그런 아츠시의 속마음을 읽었다는 양 말을 덧붙였다.

"전 용기와 만용을 착각할 만큼 어리지 않아요. 설탕도 넣지 않는 건 커피를 아름답게 마시기를 포기하는 행위라고 생각해요."

본인은 의연하게 대처할 생각이겠지만, 보기에 흐뭇해서 얼굴이 풀어질 것 같았다.

앨리스는 설탕이 든 작은 병을 연 다음, 알이 큰 덩어리를 딱세 개 집어넣었다. 그런 다음 스푼으로 달그락달그락 섞고서 작게 심호흡을 했다.

마치 사지로 향하는 것처럼 눈을 크게 뜨더니, 뜨거운 액체로 가득 찬 컵에 입술을 대었다.

목울대가 꿀꺽 울렸다.

그런 다음, 소녀는 조용해 컵을 접시로 되돌렸다.

"……아무래도 제겐 아직 일렀나 봐요."

앨리스는 어쩐지 새파래진 얼굴로 망설임 없이 우유를 전부 투입했다. 새까만 액체는 다시 순식간에 크림색으로 물들었다.

——이런 점은 역시 어린애로구나.

어쩐지 안심이 되는 모습이었다.

이미 원래의 커피 맛은 흐릿하게 사라졌을 텐데, 앨리스는 만족스럽게 입술을 대었다.

"오늘도 아츠시 오빠의 커피는 맛있어요."

"그거 다행이네."

이때만은 소녀의 새침한 얼굴도 나이에 걸맞게 보였다.

평소에 이 소녀는 표정의 변화가 부족하고 말수도 적지만, 커피에 관한 화제라면 수다스러워진다.

그러자 그 곁에 펼쳐놓은 두꺼운 책에 눈길이 갔다. 장정 역시 꽤 멋들어져서 금색 장식까지 새겨져 있었다.

"어쩐지 어려워 보이는 책을 읽는구나. 서양 책이야?"

페이지를 들여다보니 늘어진 문자도 영어는커녕 알파벳조차도 아닌 모양이었다.

──어디 말인지 모르겠지만, 이런 걸 잘도 읽는구나.

이런 오전부터 커피점에 눌러앉은 것도 그렇고, 수수께끼가 많은 소녀이다.

아츠시의 질문을 듣고, 앨리스는 어딘가 자랑스럽게 고개를 끄덕였다.

"네. 아일랜드 부근에서 흘러 들어온 책이라나 봐요. 허공당(虛空堂)에 놓여 있었어요. 희귀한 거라서 무심코 충동구매를 해버렸어요."

"허공당이라니, 고서점 말이야?"

커피점 '로코'의 앞길을 조금 남쪽으로 내려가면 고서점 거리가 펼쳐진다. 분야마다 동서고금의 서적이 늘어져 있는데, 샛길로 들어가면 크고 작은 200개의 서점이 있다고 한다.

허공당이라는 곳은 그중 하나인데 서양 책만 취급하는 신기한 가게였다.

"흐음, 어떤 이야기야?"

"아니요, 이건 문학이 아니에요. 뭐랄까…… 식물을 키우는 법, 같은 책이에요."

"원예인가? 그건 확실히 희귀하네."

커다란 서점이면 서양 책도 그 나름대로 들여오기 마련이지만 그래 봤자 인기 소설 정도이다. 그밖에는 기껏해야 논문 등이 실린 과학잡지 정도일까?

해외의 원예서는 아츠시도 처음 보았다.

"그럼 다음번에 내게도 가르쳐줄 수 있어? 거기 있는 화분 식물 말인데, 키우는 방법을 몰라서 말려 죽일 것 같아."

앨리스가 앉은 자리 바로 근처, 벽 가에는 작고 아담한 화분이 장식되어 있었다.

가을이 되면 작고 붉은 열매가 열리는 크랜베리라는 식물이다. 점장이 전혀 가꾸려고 들지 않아서 아츠시가 돌보기 시작했지만, 역시 문외한이 하기에는 무리였던 모양이다. 물을 잘못 주었는지 시들기 시작했다.

앨리스는 화분에 눈길을 주더니 고개를 끄덕 주억였다.

"이거라면 아마도, 어떻게든 될 거 같아요."

앨리스는 컵을 접시에 돌려놓더니 두꺼운 책을 들고서 눈을 살짝 감았다.

옅은 분홍색 입술에서 떨리는 듯한 선율이 흘러나왔다.

『──Ask him to find me an acre of land, Parsley, sage, rosemary and thyme. (1에이커의 토지를 찾으라고 말해줘. 파슬리, 세이지, 로즈메리와 타임.)──』

『──Between the salt water and the sea strand, For then he'll be a true love of mine. (해수와 파도가 치는 사이에, 그러면 그는 내 연인.)──』

어딘가의 민요일까? 짧은 시가이기는 하지만, 울림이 독특해서 언제까지고 귀를 기울이고 싶어지는 노래였다.

아츠시는 저도 모르게 노래를 듣다가 눈을 부릅뜨게 되었다.

시들었던 크랜베리가 옅은 빛에 둘러싸인 것이었다.

갈색으로 변색하기 시작했던 잎이 싱그러움을 되찾고, 처진 줄기가 순식간에 곧게 뻗었다. 더 나아가서는 작은 봉오리까지 부풀어 올랐다.

그 상황에 앨리스는 가성을 멈추었다.

"아무래도 잘된 모양이네요."

안심한 듯이 중얼거리는 앨리스의 모습을 보고, 아츠시는 자신의 눈을 의심하듯이 물었다.

"뭘, 한 거야?"

"꽃에 기운을 불어넣어 봤어요."

그렇게 말하고서 자신의 얼굴을 가리듯이 두꺼운 서적을 들었다. 그 동작으로 위를 올려다보자, 작은 동물이 상태를 엿보는 것 같은 기분이 들었다.

"마침, **이 책에 하는 방법이 적혀 있어서요.**"

"아……, 그러니까, 그게, 그거야?"

뒤통수를 긁으면서 아츠시가 물었다.

"'마법'……인가?"

앨리스는 무감동하게 고개를 끄덕 주억였다.

아츠시는 몸을 굳히면서도 메마른 웃음을 띠웠다.

"그런 책이 일반 고서점에 유통되어도 괜찮은 거야?"

마법을 쓰는 방법 같은 것이 적혀 있다면, 그것은 이른바 마도서나 그런 부류이리라. 현대 일본의 고서점에 태연히 놓여 있어도 되는 물건은 아닐 것 같다.

"괜찮아요. 평범한 분에겐 이상한 기호가 늘어져 있는 것처럼만 보일 테니까요."

앨리스가 자신감을 가득 담아 대답하자, 아츠시는 가까스로 숨을 삼켰다.

미사카 앨리스는 마법사이다.

그것이 이 커피점 '로코'의 비밀.

그리고 이것은 작고 작은 마법사와, 젊은 바리스타의 이야기.

──우리 커피점에는 작은 마법사가 들어앉아 있다.

제1장

마법사의 일

the small wizard is
freeloading at
my coffee shop.

"그럼 다녀오겠습니다."

현관에서 신발을 신고 집 안쪽으로 뒤를 돌아보았다.

아츠시의 목소리에 응답은 없었다.

매일 아침 끈덕질 만큼 배웅해주던 그 목소리는 이제 두 번 다시 들을 수 없다.

빈집에 외출 인사를 던져도 아무런 의미가 없겠지만, 아직 그렇게 결론짓기에는 어려웠다.

아츠시는 기합을 넣듯이 자신의 얼굴을 두드렸다.

"좋아. 오늘 하루도 열심히 하자."

아츠시에게는 유령 같은 것은 보이지 않고, 있다고 생각하지도 않는다. 그래도 여기에 없는 그들이 봐도 부끄럽지 않은 자신이 되고 싶다고 생각한다.

그래서 오늘도 아츠시는 아무렇지 않은 얼굴로 밖을 나섰다.

모아둔 돈은 아직 남았지만, 살아가려면 일을 해야만 하니까.

집을 나선 후 10분 정도 걸으면, 수많은 사람으로 붐비는 길에 다다른다.

문학의 거리, 혹은 고서의 도시, 사람들은 이 부근을 그런 식으로 불렀다.

이 거리를 걷고 있노라면 낡은 책의 독특한 냄새가 코를 찌른다. 싫어하는 사람도 있겠지만, 아츠시는 이 냄새를 싫어하지 않는다.

이제 곧 장마에 들어서기도 해서, 길을 따라서 진열된 가판에는 투명한 비닐을 씌워 놓은 곳이 많았다.

아츠시가 걷는 길을 나아가면 크고 작은 200개에 이르는 고서점이 맞이해주고, 더 나아가 북쪽으로 향하면 저명한 작가들이 틀어박혀 집필에 힘쓴다고 하는 오래된 호텔이 있다. 그 너머에는 순환선 열차가 서는 역과 악기점이 모여 있었다.

봐도 질리지 않아서 언제 걸어도 시간을 잊어버릴 만한 거리이기는 했지만, 슬슬 밖을 나다니는 것 자체가 억겁인 계절이 찾아오게 된다.

기온은 아직 그렇게까지 높지는 않지만 습도는 벌써 70퍼센트에 달해서, 올해도 무더위가 기승을 부리리라 예상된다. 아츠시도 청바지에 셔츠 한 장을 걸친 편한 차림이었다.

아츠시가 처음 '마법'이라는 현상을 직접 눈으로 봤었을 때는 그런 5월의 어느 날이었다.

이 거리에는 명백히 손님이 많지만, 북쪽과 남쪽의 경계에 들어서면 사람의 통행이 뚝 끊기는 지점이 있다. 그 통행인이 적은 경계에서 샛길로 더 들어가면 쓸쓸한 커피점이 있었다.

황동으로 만든 종을 늘어뜨린 조청빛 목제 문. 창에는 앤티크 풍 격자가 끼어 있고, 지붕에서 드리운 낡은 판자 간판 하나에는 'Rocco(로코)'라고 적혀 있다. 이탈리아어로 '휴식'이라는 의미라는 모양이었다.

벽은 회반죽으로 칠하고 굳혀서 비밀스러운 휴식 장소 같은 공기를 자아낸다. 결코 가게의 분위기는 나쁘지 않다고 생각한다.

그러나 모처럼 멋진 휴식 장소도 사람이 왕래하는 길에서 완전히 감춰진 곳에 있어서야 손님의 발길이 다가올 리가 없다.

아직 오전 10시라는 시간이라고는 하지만, 오늘도 어김없이 '로코'에서는 손님의 기척이 전혀 느껴지지 않았다.

……아니, 손님이 들어오지 않는 이유는 위치 이전의 문제였던 모양이다.

"……폐점 중이라고 되어 있잖아."

아츠시는 문에 걸린 팻말을 'CLOSED'에서 'OPEN'으로 바꾸고 문을 밀어 열었다.

"어서 오세……. 아니 뭐야, 아츠시냐."

조청빛 문 너머에서 곧바로 그런 목소리가 들려왔다.

과연 카운터석에는 청년 한 사람이 걸터앉아 있었다.

아직 20대 중반쯤 되었으리라. 훤칠한 장신이면서 촌스러운 다박나룻에 부스스한 머리카락. '로코'의 제복을 몸에 걸치기는 했지만, 셔츠의 옷깃 언저리는 칠칠치 못하게 벌어져 있다.

경영자치고는 너무 젊지만, 그는 이 '로코'의 점장이었다.

입에는 담배를 물었는데 뻐끔뻐끔 담배 연기를 피워 올린다. 손에 펼친 것은 신문……이었지만, 경마 신문이었다.

아츠시는 끈적하게 남자를 노려보았다.

"그런 소리를 할 때가 아니라고요, 쇼타로 씨. 문에 걸린 팻말이 폐점 중으로 되어 있던데요?"

"이거 봐, 그러면 제대로 다시 걸어 달라고. 장사가 말이 아니잖아."

"여기 점장은 쇼타로 씨고, 아침에 가게를 연 것도 쇼타로 씨잖아요."

청년——쇼타로는 히죽 웃더니 어깨를 으쓱였다.

그림으로 그린 것 같은 몹쓸 어른이다. 이 몹쓸 어른이 커피점 '로코'의 점장이라고 생각하니 슬퍼진다.

한숨을 흘리는 아츠시의 모습을 보고, 쇼타로는 부끄러워하는 기색도 없이 신문을 접었다.

"딱딱한 소리 하지 말라고. 인간은 오락을 즐기는 여유가 있어야 풍요로운 인생이라고 할 수 있다니까?"

"인생이 풍요로워도 가게가 망할 거 같은데요……."

"그건 곤란해. 어떻게 좀 해봐."

"일개 아르바이트생에게 무슨 책임을 지우려고요?"

머리가 쑤시기 시작하자 아츠시는 난폭하게 문을 닫았다.

쇼타로는 몸을 움츠리더니 허둥지둥 신문과 재떨이를 치우기 시작했다.

"그럼 어서 카운터로 들어가, 아츠시."

"……옷 갈아입을 시간은 주세요."

이 점장은 전혀 일하려고 들지 않는다. 그 탓에 지금까지는 단순한 아르바이트생인데도 가게 일은 거의 전부 아츠시가 처리했다.

──내가 여기서 일하기 시작하게 된 지, 겨우 한 달 정도인데…….

시급도 그리 좋지 않아서 아르바이트 첫날에 일할 가게를 잘못 골랐다는 사실을 깨달았지만, 어째서인지 지금도 이렇게 일하러 온다.

──뭐, 이런 직장이지만 커피 자체는 마음껏 마실 수 있으니까.

커피콩은 한 번 내린 뒤에도 또 추출할 수 있다. 게다가 컵에다 따르지 못한 분량이 남기도 한다. 아르바이트생은 그런 것을 마음껏 마셔도 된다.

물론 손님이 없는 시간에 한정되지만, 이 가게에 손님이 들어오는 시간은 하루의 몇 할도 채 안 된다.

아츠시는 몹쓸 점장을 내버려 두고 카운터 안쪽으로 들어갔다.

스태프 온리라고 적힌 이곳은 종업원을 위한 방이다. 경리용 구형 퍼스컴이 한 대, 접이식 테이블이 하나에, 등받이가 없는 둥근 의자가 네 개 늘어져 있다.

아츠시도 휴식시간에는 여기에서 식사하는데, 쇼타로가 항상 여기에서 담배를 피우기 때문에 담배 냄새가 강하게 남아 있다.

"환풍기 정도는 달아주면 좋겠는데."

담배에는 그다지 거부감이 없지만, 역시나 공기가 탁해질 만큼 냄새가 심하면 푸념을 하고 싶어진다.

……뭐, '로코'의 경제 상태로는 무리라는 사실도 알지만.

공기를 환기하려고 창을 열고 나서 휴게실 더 안쪽으로 들어가면, 커튼으로 구분된 공간이 있다. 거기에는 소형 로커가 여섯 개 늘어져 있어 탈의실로 꾸며졌다.

아츠시는 탈의실에 발을 들인 후, 뒤쪽에 커튼을 치면서 자신의 로커를 열었다. 안에는 아츠시의 제복과 낡아빠진 겉옷이 들어 있다. 겉옷은 슬슬 계절을 벗어났으니 조금 더 지나면 가지고 돌아가야만 한다.

겉옷은 어쨌거나 제복 쪽은 일주일에 한 번은 집으로 가지고 돌아가 다리미질을 한다. 오늘도 주름 하나 없이 빳빳했다.

옷을 갈아입는다고 해도 셔츠와 바지뿐이리서 금세 끝난다.

아츠시는 서둘러 제복으로 갈아입더니 가게 안으로 돌아갔다.

기껏해야 1, 2분밖에 걸리지 않았을 텐데, 카운터에는 쇼타로가 또 새로운 담배에 불을 붙이고 있었다.

"쇼타로 씨, 휴식이라면 안쪽에 가서 하세요."

"엉? 우리 가게는 흡연 자유인데?"

"그런 문제가 아니라요……."

이 가게는 딱히 흡연과 금연으로 자리를 나누지는 않지만, 아무래도 점장이 이렇게까지 한껏 해이한 모습을 보여서야 무언가 실수로 문을 두드려준 손님도 뒤돌아가 버리고 말리라.

"알았어, 알았어. 뭐, 이 가게가 망하면 세상을 뜬 할아범이 귀신이 되어 나올 거 같으니."

쇼타로는 어쩔 수 없다는 양 담배를 재떨이 위에 얹었다. 그가 이 젊은 나이에 점장을 맡은 것은 조부에게서 상속받았기 때문인 모양이었다.

"그럼 조금 더 성실하게 일하시라고요."

아츠시가 어이없다는 목소리를 흘리자, 쇼타로는 일어서기 전에 주머니에서 쇠사슬로 이어진 금색 원반을 꺼냈다.

황동제 회중시계다.

쇼타로는 시계태엽을 빙글빙글 돌리더니 다시 주머니에 넣었다.

"그 시계, 항상 태엽을 돌리지 않습니까?"

시계의 태엽 따위는 한 번 돌리면 하루쯤은 버틸 텐데, 쇼타로는 생각나면 회중시계를 만지는 것처럼 보인다. 확인해본 적은 없지만, 어쩌면 한 시간마다 돌리지는 않을까?

몹쓸 어른은 어쩔 수 없다는 듯이 어깨를 으쓱였다.

"구닥다리니까. 성실하게 돌려주지 않으면 **효과**가 사라져버려."

무언가 기묘한 표현처럼 들려서 아츠시는 고개를 갸웃거렸다.

"그것도 혹시 할아버님의 유품입니까?"

"비슷해."

쇼타로는 그런 말을 남기더니 재떨이와 새 신문을 품에 안고서 일어섰다.

그 모습을 곁눈질로 보며 아츠시는 허리에 앞치마를 감고서 카운터에 섰다.

일할 준비를 시작하자, 등 뒤의 벽에 부자연스러운 공백이 생겼다.

이 가게는 카운터 벽면 전체에 식기 선반을 설치했고, 거기에 아름다운 컵이 규칙적으로 늘어져 있다. 이른바 컵도 장식품 중 하나인데, 그중 하나가 사라진 것이었다.

싱크대에 눈길을 주자, 아니나 다를까 더러워진 컵이 뒹굴고 있었다. 아마도 쇼타로가 마신 것이리라.

쇼타로를 빤히 노려보자, 그는 이마를 찰싹 때렸다.

"이런, 미안해. 정리해줘."

"미안하다는 생각은 털끝만큼도 안 하시죠?"

한숨을 쉬면서 능숙하게 컵을 닦고 있노라니, 쇼타로가 임무 연락을 했다.

"오늘의 커피는 네가 적당히 정해. 그리고 스트레이트는 만델링에 이어서 콜롬비아가 품절이야."

"……브라질도 남은 양이 적지 않았던가요?"

"앞으로 열 잔쯤 되려나? 마실 거면 그사이에 마셔둬."

"손님을 위해 간직해두거나 보충한다는 개념은 없는 겁니까?"

커피 종류는 산지별로 나뉜다. 산지를 그대로 커피 이름으로 쓰는데, 있는 그대로 내린 것을 스트레이트라고 부른다. 그러나

'로코'의 스트레이트 커피는 품절된 상품이 많았다.

——제대로 된 가게라면, 물건이 떨어지기 전에 착실히 보충할 텐데…….

점장에게 잔소리를 흘리면서 컵을 깨끗이 닦고서 선반으로 수납했다.

이어서 가게에 흐르는 음악을 설정하고——기본적으로는 아츠시가 가지고 온 CD다——사이펀과 알코올램프를 손질하기 시작했다. 켈트 풍 BGM에 귀를 기울이고 있노라니, 가게 문이 조심스럽게 열렸다.

오늘 첫 손님이 찾아온 모양이었다.

——앨리스겠지.

황동 종소리를 통해 아츠시는 손님의 얼굴을 상상할 수 있었다.

"어서 오십시오……?"

아츠시가 그렇게 말하며 뒤를 돌아보자, 거기에 있었던 이는 어린 소녀가 아니었다.

"안녕, 이 가게는 영업 중……인 거 맞겠지?"

당혹스러움을 섞어서 그렇게 말한 사람은 아직 젊은 남성 손님이었다.

◇

들어온 손님은 청년이라고 할 만큼 젊지는 않지만, 중년이라고 할 만큼 늙지도 않은 남성이었다. 삼십 줄에 발을 들일락 말락 한 정도이리라. 곤혹스럽게 웃는 얼굴을 통해서는 어쩐지 평상시부터 고생하는 것 같은 인상을 받았다.

얄팍한 재킷에 어깨 정도까지 내려오는 장발. 해진 셔츠에 갈색 가죽 구두를 신었는데, 소탈한 그 차림새는 회사원이라기보다 재즈맨이나 그 계통으로 보였다.

북쪽은 악기, 남쪽은 책으로 메워진 이 도시이기에.

남성 손님은 가게 안을 대강 둘러보고 나서 카운터석에 걸터앉았다.

――뭐라 해야 하나, 용기가 있는 사람이군.

보통은 점원이 카운터석에 늘어져 앉은 가게에 들어오게 되면, 돌아서거나 구석 자리에 앉으리라.

그 상황에 물러서기는커녕 카운터석을 선택했으니 이미 도전자이기조차 하다.

아츠시는 그런 손님에게 경의를 표하듯이 메뉴판을 내밀었다.

"주문은 뭐로 하시겠습니까?"

"글쎄. ……그렇게 말해도, 이런 찻집에 들어와 보는 건 처음인데 뭐가 좋을까?"

엄밀히 말하자면 찻집과 커피점은 다르지만, 처음 온 손님에게 그런 빈축을 날리면 상대방을 몰아세울 뿐이다.

아츠시는 가볍게 고개를 끄덕여주고 메뉴를 제시했다.

"그렇군요. 가볍게 즐기시려면 오늘의 커피를 권하겠습니다.

스트레이트 커피라면 브라질을 추천하겠습니다. 그리고 알코올도 주문하시겠습니까?"

이 상황에서는 품절된 스트레이트 말고 다른 음료로 유도하는 것도 잊어서는 안 된다.

남성 손님은 설명을 듣고서 의외라는 듯이 눈을 휘둥그레 떴다.

"찻집인데 알코올도 있어?"

"본점은 영업 면허상으로는 찻집이 아니라 음식점이니까요."

찻집 운영 허가로는 알코올을 내놓을 수 없는 모양이지만, 양자의 차이는 그 정도이리라. 그리고 호칭의 이미지 정도가 다르다.

잠시 메뉴를 노려보더니 남성 손님은 고개를 옆으로 내저었다.

"아니, 오늘은 취하고 싶은 기분이 아니니까, 오늘의 커피라는 걸 시킬게."

"알겠습니다."

아츠시는 메뉴판을 회수하고 커피 사이펀 준비에 들어갔다.

남성 손님은 혼잣말처럼 중얼거렸다.

"그나저나 그 부근은 몇 번이나 걸어 다녔는데, 이런 곳에 찻집이 있을 줄은 몰랐어."

"그런 말은 곧잘 듣습니다, 큰길에 간판이라도 내놓는 편이 좋을 거 같습니다만."

'요 앞 몇 미터 앞에 커피점 '로코''라는 내용의 간판이다. 큰길에 설치하면 조금은 효과가 있을 것 같은데.

"뭐, 그러려면 이것저것 절차가 성가셔서."

책임자가 이런 잠꼬대를 중얼거리기 때문에 전혀 실현할 수 없다.

물론 간판 한 개를 설치하는데도 법적 절차나 요금이 발생하지만, 그 과정을 처리하는 것이 점장이 해야 할 일일 텐데.

——일하세요. 책임자는 당신이잖아요?

남성 손님의 의식이 자신에게서 벗어난 것을 확인하고 나서, 아츠시는 격렬하게 쇼타로를 노려보았다.

시선만으로 쏴 죽일 법한 눈빛을 받고 몹쓸 어른은 몸을 움찔 떨었다.

"……? 왜 그러지?"

"아, 아니, 어째선지 하늘에서 분노의 목소리 같은 게 들려서! 하하하…… ."

"흐음."

남성 손님은 의아한 표정을 지었지만, 그가 몸을 정면으로 향할 무렵에는 아츠시도 온화하게 웃는 얼굴을 갖다 붙였다.

"드시죠. 오늘의 커피——본점 오리지널 블렌드입니다."

"그래, 고마워."

이 커피는 아츠시의 자신작이다.

남성 손님도 입에 대려고 하다가 일단 그 향에 한숨을 흘렸다.

"흐음, 역시 제대로 된 가게의 커피는 향도 다르구나."

"영광입니다."

칭찬은 솔직히 기쁘다. 아츠시는 고개를 숙이며 대꾸하면서,

곁눈질로 쇼타로를 노려보았다.

——제대로 된 가게로 보이니까, 쇼타로 씨도 똑바로 하세요.

눈은 입 못지않게 주장했다. 쇼타로의 이마에서 식은땀이 흘렀다.

그런 은밀한 싸움을 펼치는 사이에, 남성 손님은 만족스럽게 컵을 기울였다.

"응. 맛있네. 오늘 이런 커피를 마시게 된 건 행운이야."

"……? 그렇다 하심은?"

"어, 아니……."

남성 손님은 무심코 말했다는 듯이 입을 막았지만, 이윽고 망설이는 기색으로 아츠시에게 물었다.

"그렇군. 점원님은 오늘이 인생 마지막 날이라면 뭘 먹고 싶다든가, 그런 건 있어?"

"그건…… 어려운 질문이네요."

뜬금없는 질문을 듣고 아츠시는 팔짱을 끼고서 골똘히 생각했다.

쇼타로는 기가 막힌다는 표정을 지었다.

"뭐야, 사형수 같은 소리를 하지 말라고."

"잠깐, 쇼타로 씨, 손님에게 실례잖아요."

남 앞이긴 하지만 역시나 충고하는 목소리를 높이자, 손님은 아무렇지도 않다는 양 고개를 옆으로 내저었다.

"아니, 지금 내가 한 내 질문 방식이 부적절했어. 신경 쓰지 마."

그런 다음 컵 안에 든 커피를 흔들었다.

"그저 단순히, 그 정도로 맛있었다는 뜻이야."

남성 손님은 쓰게 웃었지만, 아츠시는 그 얼굴을 보자 어째서 인지 불안함이 치밀어 올랐다.

——이 사람, 혹시 자살을 생각하는 건 아니겠지?

처음 보는 손님에게 실례일지도 모르지만 그렇게 보였다.

당황하기는 했지만 아츠시는 크흠 헛기침을 하고서 웃었다.

"그렇게까지 말씀하시다니 영광입니다. 마음에 드신다면 내일도 또 오세요. 내일은 내일대로 다른 커피를 내리겠습니다."

남성 손님은 놀란 듯이 눈을 끔뻑이더니 그런 다음 웃었다.

"그거 기대되네. 그럼 오늘은 죽지 않도록 노력해야겠군."

남성 손님은 마지막으로 남긴 커피를 들이켜더니 일어서서 지갑을 꺼냈다.

"맛있는 커피를 내줘서 고마워. 난 사사쿠라 세이고라고 해. 다음에 또 들를게."

"네. 저는 쿠조 아츠시라고 합니다. 감사합니다."

그 남성 손님은 계산을 마치더니 떠나갔다.

——내일도 와주면 좋겠는데…….

와주지 않으면 그대로 죽은 게 아닐까 싶어서 불안해질 것 같은 손님이었다.

◇

처음 온 남성 손님이 돌아가고 나서 몇 분 정도 지나자 교대하듯이 또 황동 종이 울렸다.

아츠시가 눈길을 주자, 조청빛 문을 무겁다는 양 열고서 소녀 한 명이 서 있었다.

살짝 숨을 헐떡이면서도 전혀 변하지 않는 표정. 새빨간 머리띠와 켈트 십자가 귀걸이.

이번에야말로 앨리스였다.

"어서 오십시오, 앨리스."

시계를 보자 아직 열한 시 반. 초등학교에서는 4교시가 시작될 무렵이리라. 물론 오늘은 평일이다.

그런데 초등학생인 앨리스는 당당하게 커피점 문을 두드렸다.

앨리스는 아츠시에게 얼굴을 돌리더니 꾸벅 고개를 숙였다.

"안녕하세요, 아츠시 오빠."

"안녕. 오늘은 일찍 왔네."

아츠시가 마주 웃자, 쇼타로가 애매한 표정을 지었다.

"앨리스…… 나에겐 인사 안 하니?"

"네, 안 해요."

표정 하나 움직이지 않고 어린 소녀는 담담하게 말했다.

으윽 소리를 내고 기가 죽으면서도 쇼타로는 질 수 없다며 대꾸했다.

"그보다 너, 항상 아츠시의 근무 시간이 되고 나서 오고 나서 오는구나. 응? 대체 왜지?"

어느 쪽이 어린아이인지 알 수 없을 만한 언동을 듣고, 앨리스는 무감동하게 이렇게 대답했다.

"맛있는 커피를 마실 시간이 언제인지 아는데, 맛없는 커피만 마실 수 있는 시간에 오면 무슨 소용이 있나요?"

"으헉?"
가슴을 억누르고서 쇼타로가 몸부림쳤다.
──뭐, 이 사람이 내리는 커피는 정말로 맛이 끔찍하니까…….
손님은커녕 타인에게 내놓을 수 있는 맛이 아니다. 쓰다든가 연하다든가 그런 차원의 문제가 아니라, 위가 문드러질 것만 같은 불쾌한 자극을 준다. 아츠시도 한 모금 마시기만 했는데 눈물이 글썽거렸다.
쇼타로 본인은 어쩌다 보니 이 가게를 상속한 모양이라서 어쩔 수 없을지도 모르지만, 그래도 조금 더 제대로 된 커피를 내릴 수는 없나 하고 생각한다.
앨리스는 쇼타로의 조부가 경영하던 시절부터 단골손님이라고 한다.
갑자기 자주 다니던 가게의 점주가 다른 사람으로 바뀌고, 맛도 떨어져서야 불평 한마디쯤은 하고 싶어지리라.
"뭐, 할아버지의 커피도 막상막하로 맛이 끔찍했지만."
……이전 점주도 쇼타로와 비슷했던 모양이다.

아츠시는 초등학생에게 말싸움으로 진 불쌍한 어른을 아랑곳하지 않고 입을 열었다.

"그보다 그런 데 서 있으면 피곤하지? 늘 앉는 자리가 비어 있어."

늘 앉는 자리는 물론이고 어느 곳 하나 자리가 메워지지 않았지만.

쇼타로와 말다툼해도 헛되다는 사실을 아는 것이리라. 앨리스는 아츠시에게 몸을 돌리고 꾸벅 허리를 숙였다.

"실례했습니다. 오늘의 커피를 주세요."

이 메뉴는 날마다 다른 커피라고 해야 할지, 매일 종류가 바뀌는 커피이다. 손님에게 다양한 맛을 즐기게 해주고 싶다는 것이 본래 취지였지만, 쇼타로는 '치우친 재고의 소진'이라고 뜬금없는 소리를 한다.

그래서 아츠시는 하다못해 한 잔 한 잔 정성스럽게 내리려고 마음을 쓴다.

앨리스는 주문을 마치더니 창가 자리에 걸터앉았다. 문에서 가장 먼 구석인데, 여기가 그녀의 지정석이었다. 쇼타로도 울상을 지으면서 카운터석에 걸터앉더니 또다시 신문을 펼치고 말았다.

아츠시는 그 광경을 바라보면서 새로운 커피 사이펀을 꺼냈다. 또다시 커피콩을 가는 것부터 시작하자, 5분이 채 되지 않아서 가게 안에 씁쓸한 향이 퍼졌다.

커피가 완성되자 쟁반에 각설탕과 우유가 든 작은 병을 얹고서 작은 단골손님이 앉은 자리로 향했다.

"오래 기다리셨습니다. 오늘의 커피입니다."

앨리스는 좌우 색이 다른 눈동자로 빤히 쳐다보았다.

오늘도 제품명 맞히기를 하고 싶은 것이리라. 아츠시도 익숙한 기색으로 테이블에 컵을 늘어놓았다.

아츠시가 사이펀에서 커피를 따르자, 앨리스는 엄숙한 기색으로 컵을 손에 들었다.

"…………."

앨리스의 눈썹이 심각하게 치켜 올라갔다.

──오늘은 블렌드니까.

그것도 아츠시의 오리지널이다. 프로 바리스타라도 향으로만 배합까지 맞추기는 어려우리라.

곧바로 제품명을 못 맞히는 앨리스를 향해 쇼타로가 놀리듯이 목소리를 높였다.

"오, 별일이네. 오늘은 모르겠어?"

"쇼타로 씨는 아시나요?"

"핫하, 무슨 소릴 하는 거야? 마셔도 무슨 커피인지 모르는데, 향으로만 알 리가 없잖아?"

"그럼 입을 다무세요."

앨리스는 매섭게 단언하더니 컵에 입술을 가져다 댔다.

"설탕이나 우유는 안 넣어도 되겠어?"

"괜찮아요. 제품명을 맞힐 거니까요."

그렇게 말하며 혀끝으로 할짝 핥듯이 블랙 그대로인 커피를 입에 머금었다.

앨리스는 쓰다는 양 미간을 찌푸리면서도 화들짝 놀라서 눈을 깜빡였다.

"이거, 아츠시 오빠가 처음 들어왔을 때 줬던 커피예요."

앨리스가 완벽한 정답을 맞히자, 아츠시는 휘파람을 불었다.

"정답. 용케 기억하는구나."

"잊을 리가 없죠. 제게는 운명적인 한 잔이었으니까요."

무언가 부끄러운 소리를 들은 것 같은 기분이 들었지만, 아츠시는 처음 만났을 때의 일을 떠올렸다.

당시 아츠시는 재수가 정해진 직후였는데, 생활비를 얻기 위해 아르바이트를 찾고 있었다.

훌쩍 헤매 들어온 길에서 붙어 있던 아르바이트 모집을 보고서, 그대로 가게로 들어갔다.

그때 이미 앨리스는 늘 앉는 자리에 앉아 있었지만, 무엇을 어떻게 했는지 면접 대신 그녀에게 커피를 내려주게 되었다.

애당초 아츠시는 스스로 블렌드를 조합할 만큼 커피를 좋아하기는 했지만, 이 상황에는 아무래도 망설여졌다. 그러나 점점 커피를 내리지 않으면 가게에서도 내보내 주지 않을 것 같은 분위기가 되자, 체념하고 가장 자신 있는 한 잔을 내린 것이었다.

아츠시의 커피를 한 모금 마시기가 무섭게, 앨리스는 덜컥 일어서서 이렇게 선언했다.

──채용입니다. 이분 말고 다른 사람은 생각할 수 없어요──.

그리고 그대로 점차 바리스타 취급을 받게 되었다.

그런고로 아츠시가 여기에서 일하게 된 계기를 만든 이는 앨리스였다.

그녀도 그때 있었던 일을 떠올렸는지, 한숨을 후우 흘렸다.

"그야말로 한눈에 반했어요."

"여자아이가 그런 말을 쉽게 입에 올리면 안 돼."

아츠시는 커피 이야기라는 사실을 이해하지만, 만에 하나 학교에서 입에 올리면 가까이 있던 남학생이 가엾게 칙긱을 해버리리라.

초등학생 고학년은 남녀끼리 대립을 일으키기 쉬운 시기이기는 하지만, 그것은 서로를 향한 관심의 반증이기도 하니까.

"하지만, 사실이에요. 그때 제겐 이 한 잔은 정말로 구원이었으니까요."

앨리스는 그렇게 말하면서 사랑스럽다는 듯이 컵 테두리를 손가락 끝으로 쓰다듬었다.

이 소녀는 표정이 딱딱하고 말수도 적지만, 커피가 화제에 오르면 곧잘 떠든다.

　──그야 쇼타로 씨의 커피를 마신 뒤라면 어떤 커피라도 맛있겠지.

　그 맛없는 커피를 내놓으리라는 사실을 알면서 선대 시절부터 자주 다닌 이유도 신경 쓰였다. 그렇다고 해야 하나 훨씬 맛있는 커피를 마시게 해주고 싶다.

　게다가 그녀와 커피 이야기를 하면 순수하게 즐겁기도 했다.

　어느새인가, 아츠시도 이 소녀가 커피점에 오기를 기대했다.

　그렇다 해도──단순한 바리스타와 단골손님──조금 친할 뿐인 타인──그뿐인 관계였다.

　이날까지는.

　──하지만, 그나저나 학교는 어쩌는 걸까…….

　앨리스는 커피에 각설탕 세 개와 우유를 넣고 만족스럽게 그것을 맛보았다.

　평소라면 아츠시도 이쯤에서 카운터에 돌아갔겠지만 조심스럽게 앨리스에게 물어보았다.

　"그건 그렇고 오늘도 학교는 쉬는 거야, 앨리스?"

　쇼타로는 앨리스에 대해서 신경 쓰지 않아도 된다고 말했지만, 그렇다고 해서 내버려 둘 수도 없었다.

　앨리스는 납작한 가슴을 펴며 고개를 끄덕였다.

　"걱정하지 않으셔도 성적에 지장이 나오지 않을 만큼으로는 출석하고 있으니 괜찮아요."

"그래?"

"네. 그래요."

너무 깊게 파고들어서는 안 되는 것일까?

아츠시가 애매하게 웃어주자, 앨리스도 고개를 살짝 갸웃거렸다.

"아츠시 오빠야말로 공부는 괜찮으세요?"

"뭐, 내 쪽은 무리할 정도의 진학처가 아니니까. 학력이 떨어지지 않을 만큼 공부하면 괜찮아."

아츠시는 대학 입시에 실패해서 재수 중이었다. 생활비 마련을 위해서 일하기는 하지만, 집에 돌아가면 참고서나 문제집과 눈싸움을 하고 있다.

――이대로 여기에 취직해도 좋을 거 같은 기분도 들지만.

쇼타로는 몹쓸 어른이기는 하지만 나쁜 사람은 아니다. 바빠질 만큼 손님이 들어오지도 않고, 이러니저러니 해도 마음이 편안하다.

그러나 취직을 결단하기에는 가게 경영 상태가 너무 불안하다.

그런 아츠시의 갈등을 아랑곳하지 않고, 앨리스는 만족스럽게 중얼거렸다.

"앞으로도 이 커피를 마실 수 있을 거 같아서 안심했어요."

"마음에 든다니 기뻐."

이렇게 말해도 앨리스의 표정은 거의 변하지 않았다. 자세히 보면 눈썹을 떨기도 하지만, 그 정도였다. 표정 근육이 굳어버리지는 않았을까 걱정될 지경이었다.

그런 옆모습을 바라보며 문득 불안이 치밀어 올랐다.

──설마, 학교에서 괴롭힘을 당하는 건 아니겠지?

요 한 달 동안에, 앨리스가 제대로 학교에 간 것은 기껏해야 4, 5일 정도였다. 학교에도 가지 않고 이런 곳에 죽치고 있는 초등학생을 보면 걱정도 된다. 학교에 가기 싫은 이유라도 있지 않을까?

아츠시는 큰맘 먹고 물어보았다.

"그런데 앨리스는 곤란한 일이나 고민 같은 건 없어?"

"……? 갑자기 왜 그러세요?"

"아니, 좀 신경 쓰여서."

얼굴을 맞대고 괴롭힘을 당하냐고 물어볼 만큼 아츠시도 무신경하지는 않다. 그렇다고 해도 요령이 좋지 않아서, 이렇게 질문하는 것이 고작이었다.

앨리스는 잠시 고민하는 기색을 보이고 나서 흠 소리를 내고 고개를 끄덕였다.

"그러네요. 최근에 고민이라면, 딱 하나 있어요."

"어떤 건데?"

아츠시가 되도록 부드럽게 물어보자, 앨리스는 무표정한 상태로 이렇게 중얼거렸다.

"어떤 사람이, 사람을 죽여달라고 말했어요. 거절했더니 이번에는 제가 죽게될 거 같아서, 아주 조금 곤란해요."

"……흐억?"

동요한 나머지 기묘한 소리가 나와 버렸다.

그래도 이성을 일으켜 세워 목소리를 쥐어짜냈다.

"어, 그러니까, 친구와, 말다툼하다…… 그런, 거야?"

"일반적인 견해로 보면, 상대는 어른에 속하는 거 같아요."

그렇게 말하고서 앨리스는 고개를 옆으로 내저었다.

그러나 앨리스는 농담하는 것은 아닌 모양인지 눈살을 찌푸리며 말했다.

"나쁜 사람은 아닌 거 같지만, 그렇다고 해서 요구하는 대로할 수도 없고, 하지만 거절하기도 어려워 보이는데…… 어른이라면 이럴 때 어떻게 대처할까요?"

"그건 어른이냐 아이냐 하는 차원의 문제가 아니라고!"

이런 작은 여자아이를 상대로 어른이 죽이라든가 죽인다는 소리를 하다니, 협박 이외의 그 무엇도 아니다.

아츠시는 근무 중이기는 하지만 주머니에서 휴대전화를 꺼내들었다. 폴더식 구형이었다.

"어쨌거나 경찰에 신고하자."

"아, 그건 좀 곤란해요──."

앨리스가 무언가 말을 걸었지만, 아츠시는 110번에 전화를 걸려고 했다.

그러자 옆에서 뻗어온 손이 그 휴대전화를 빼앗았다.

"이거 봐, 진정해. 초등학생이 경찰 같은 걸 부르면 내일부터 학교에서 괴롭힘당할 게 뻔하다고."

쇼타로였다. 어느샌가 신문을 내던지고 뒤에 서 있었다.

"——으, 그런 소리를 할 때가 아니잖아요?"

"아, 정말, 알았으니까 넌 입 좀 다물어. 이 애가 말주변 없는 건 아츠시도 잘 알 텐데."

"말주변이 없다고요……?"

쇼타로는 아츠시를 밀어젖히고 앨리스에게 눈길을 주었다.

"앨리스, 너도 좀 더 말하는 방식이란 걸 주의해라. 아츠시가 착각해버렸잖아."

"……네."

드물게 앨리스는 얌전히 쇼타로에게 고개를 끄덕였다.

그 반응을 통해 아츠시도 자신이 착각하는 것이 아닐까 하고 느끼기 시작했다.

앨리스는 조금 전에도 '한눈에 반했다'라고, 남이 들으면 격렬히 착각할 법한 말을 흘렸으니까.

——정말로 죽게될 처지는 아닌 건가……?

생각해보면 당연한 일이기는 하다. 목숨의 위험에 노출되었다면 아무리 앨리스라도 이렇게 태연할 리가 없으리라.

그 후 쇼타로는 눈을 가늘게 뜨고서 앨리스에게 물었다.

"앨리스, 정말로 곤란하다면 거절해. 나중 일 같은 건 신경 쓰지 않아도 돼. 하지만 받아들일 마음이 있다면, 이런 데서 커피 같은 걸 마시지 말고 할 일을 다 해."

초등학생 소녀에게 던지기는 너무나 엄격한 한마디였다.

하지만 앨리스는 반론 하나 없이 고개를 끄덕였다.

"······네."

그런 다음, 쇼타로는 마침내 아츠시의 휴대전화를 던져서 돌려주었다.

"받아. 그리고 걱정하는 건 알겠는데, 이건 앨리스의 문제야. 네가 참견할 만한 일이 아니라고."

"······무슨 소리를 하는 겁니까? 그럴 수는 없잖아요."

목숨을 위협한다는 것은 착각일지도 모른다. 그래도 아츠시는 무시할 수 없었다.

아츠시가 쇼타로에게 덤벼들자, 앨리스가 아츠시의 옷자락을 잡아당겼다.

"괜찮아요, 아츠시 오빠. 이번엔 이 사람이 옳으니까요."

"하지만——."

앨리스는 말을 가로막듯이 커피를 들이켰다.

"잘 마셨습니다. 오늘은 이만 돌아가겠어요."

소녀는 금액에 딱 맞는 동전을 테이블 위에 두고서, 말 그대로 돌아가 버렸다.

작은 뒷모습이 안 보이게 되고 나서, 아츠시는 쇼타로를 노려보았다.

"······쇼타로 씨, 좀 너무 매정한 거 아닙니까? 무슨 일이 있었는지 모르겠지만, 앨리스는 아직 열 살이라고요."

"열 살이라도 제 몫을 하는 꼬맹이는 있잖아?"

"그렇다고 해서 앨리스에게 그걸 강요해도 된다는 말입니까?"

"손님의 사생활에 고개를 들이미는 건 바리스타가 할 일이 아니라는 소리야."

아츠시는 말문이 막혔다.

쇼타로의 말은 분명 옳다.

선의를 밀어붙이는 것만큼 추악한 악의는 없다.

손님의 사생활까지 파고드는 것은, 남을 잘 돌봐주는 것이 아니라 단순한 오지랖, 지나친 행위다. 그 행위을 정의라고 주장하게 되면, 그자는 선인이 아니라 자각 없는 악당일 뿐이다.

──그래도 저런 작은 아이가 큰 어른에게서 누군가를 죽이라든가 죽인다든가 하는 말을 들어버리면 내버려 둘 수는 없잖아!

게다가 먼저 물어본 이는 아츠시 쪽이었다.

곤란한 일은 없느냐고.

아츠시가 이를 악물고 쇼타로를 노려보자, 쇼타로는 그것을 재미있어하는 듯이 입매를 끌어올렸다.

그런 다음 자못 아무래도 좋다는 양 중얼거렸다.

"아아, 아아, 난 어른이니까. 그런 관여해서는 안 될 일에는 관여하지 않을 거야. 네가 앨리스를 상대하겠다면 너에게도 관여하지 않겠어."

"당신 진짜……?"

역시나 분노를 드러내는 아츠시에게, 쇼타로는 어딘가 책 읽는 말투로 말을 이었다.

"그러니까 앨리스를 협박할 만한 범인이 있다면 분명 지금도 그 애의 곁을 어슬렁거려도, 알바생이 일을 땡땡이치고 밖을 어슬렁거려도 알 바가 아니지."

"아니, 누가 앨리스를 따라다닌다는 소리……. 아니, 어? 땡땡이치다니요?"

무책임한 언동에 화가 날…… 뻔해서, 아츠시는 곤혹스러웠다.

"저기, 쇼타로 씨……?"

"아아, 귀찮다. 어차피 앨리스 그 애는 걸음이 느리니까 지금 쫓아가면 아직 찾아낼 수 있겠지만, 난 귀찮으니까 안 가."

쇼타로는 그대로 "영차" 하고 소리를 내면서 카운터석에 걸터앉아 경마 신문을 읽기 시작했다. 마치 아츠시의 모습 따위는 시야에 들어오지 않는다고 주장하는 양.

──그러니까, 이건, 신경 쓰이면 쫓아가라고 하는 건가?

더군다나 협박범의 실마리까지 가르쳐줄 줄이야.

게다가 도와줄 마음이 있다면 어째서 스스로 가지 않는 것일까? 몹시 의문스럽기는 하지만 지금이라면 앨리스를 쫓아갈 수 있으리라.

그대로 달려 나가려다가 아츠시는 발걸음을 멈추었다.

쇼타로를 향해서 딱 한 번 꾸벅 고개를 숙이고, 그런 다음 전속력으로 앨리스를 쫓아갔다.

"……앨리스를 도와주는 건 상당히 고된 일이라고, 아츠시."

가게 안에 홀로 남은 쇼타로가 그런 소리를 중얼거렸지만, 아츠시의 귀에는 전해지지 않았다.

가게 문을 열고서 좌우를 둘러보자 큰길로 향하려 하는 앨리스의 뒷모습을 찾아낼 수 있었다.

"앨리——……."

말을 걸려고 하다가 마음을 돌렸다.

——말을 걸어서 어쩌려고?

앨리스는 스스로 어떻게든 하겠다고 말했다. 이제 와서 사정을 물으려 해도 대단한 이야기는 해주지 않으리라.

게다가 아츠시가 곁에 있으면 협박범이 도망쳐버릴지도 모른다.

협박범을 붙잡든지 말든지 간에, 정체를 밝혀내야 일이 해결된다.

"그렇다면 어쩌지……?"

거리를 두고 앨리스를 지켜보면 어떨까 고민하다가——냉정히 생각해. 그러면 나도 변태야——라고 판단하며 고개를 내저었다.

과연, 쇼타로가 고개를 들이밀어서는 안 된다고 말한 것도 일리가 있다. 자신이 할 수 있는 일이 놀라우리만치 떠오르지 않았다.

——역시, 나 혼자서 만족하는 건가?

아츠시는 골머리를 앓았지만, 역시 내버려 둘 수 없고 달리 방법도 없다. 앨리스를 놓치지 않도록 먼 곳에서 뒤를 따라갔다.

큰길로 나오자 앨리스는 길을 남쪽으로 길을 나아갔다. 아무래도 고서점 거리 방면으로 향하는 모양이었다.

앨리스의 보폭은 좁다.

같은 방향으로 발을 옮기는 통행인에게 차례차례 추월당하면서, 천천히, 그러나 망설임 없는 발걸음으로 나아갔다.

——고서점에 용건이 있는 걸까, 아니면 그 근처에 사는 걸까?

생각해보면 아츠시는 앨리스에 대해서 전혀 모른다. 그것은 당연한 일이기는 하지만, 고작 그 정도 사이인 소녀를, 뒤를 쫓아다니는 짓까지 하면서 신경을 쓰는 자신에게 의문을 품었다.

——역시, 되돌아가야 할까…….

쓸데없는 짓을 할 뿐일지도 모른다.

아츠시는 걸음을 멈추려고 했을 때 마침내 깨달았다.

"저건……?"

앨리스는 걸음이 느리다. 통행인은 다들 그녀를 추월해서 가버리는데, 딱 한 사람 변함없는 거리를 유지하면서 계속 뒤에 있는 인물이 있었다.

더군다나 걸음이 느린 노인이나 아이가 아니라 젊어 보이는 남자였다.

──앨리스를 미행하는 건가?

자신도 남 말을 할 수는 없지만 수상하다고 느꼈다.

앨리스에게 맞추고 있기 때문에, 남자가 걷는 속도는 느렸다. 아츠시는 발소리를 내지 않도록 주의하며 재빠르게 남자의 등 뒤로 다가갔다.

대체 어떤 악당인지, 일단 그 얼굴을 확인해주마.

기세를 담아서 남자의 어깨를 붙들려 하다가, 아츠시는 어쩐지 그 뒷모습을 본 기억이 있는 것 같은 느낌이 들었다.

"어라, 사사쿠라 씨……?"

그 정체를 떠올렸더니 자연스럽게 이름을 부르고 말았다.

남자는 펄쩍 뛰며 놀라더니 아츠시를 돌아보았다. 기가 약해 보이는 생김새는 틀림없이 아까 전에 가게에 찾아왔던 손님── 사사쿠라였다.

──왜 이 사람이 여기에……?

예상치 못한 얼굴을 보자 머릿속이 새하얘졌다.

"그러니까, 이런 데서 뭘 하는 겁니까?"

갑자기 '앨리스를 따라다니며 뭘 꾸미는 거냐'라고는 말할 수 있을 턱이 없어서——그보다도 반쯤은 사고가 멈춰버려서 아츠시는 그런 질문을 했다.

사사쿠라는 쓰게 웃었다.

"아니, 뭔가 재미있어 보이는 고서라도 있나 찾고 있어. 그보다 그밖에 이 근처를 어슬렁거릴 이유가 있어?"

마치 미리 준비해둔 대사처럼 매끄러운 말투였다.

확실히, 하고 아츠시는 입을 다물어버렸다.

이런 말을 들으면 아츠시도 섣부르게 이야기를 물어볼 수 없게 되어버린다. 지금은 동요하지 말고 직설적으로 추궁해야 했으리라.

아츠시가 신음하고 있노라니, 이번에는 사사쿠라가 고개를 갸웃거렸다.

"너야말로…… 그러니까, 쿠조라고 했던가?"

"네. 아츠시라고 부르셔도 됩니다. 성만 부르면 딱딱해서, 다들 이름으로 부릅니다."

"그렇구나. 그럼 아츠시, 너야말로 이런 데서 뭘 하는 거야?"

아츠시는 저도 모르게 시선을 피할 뻔했지만 꾹 참고서, 되도록 평정을 가장해서 입을 열었다.

"가게의 커피콩 재고가 꽤 줄어들어서, 지금은 손님도 적고 하니 발주하고 오라는 말을 들었습니다. 이런 건 점장님이 해주셨으면 좋겠지만요. 그랬더니 사사쿠라 씨를 발견해서요."

"하하……. 분명, 그다지 똑 부러진 점장님으로 보이지는 않았지."

아츠시는 티 나지 않게 쇼타로에게 책임을 떠넘기며 어쩔 수 없다는 표정을 지으며 말했고, 사사쿠라도 일단 이해해준 것 같았다.

실제로 이런 곳에 커피콩 도매상은 존재하지 않는다. 있는 것은 출판사 정도이다. 만약의 경우, 새 구입처 자료라도 찾고 있다며 얼버무릴 수 있을 것 같았다.

아츠시는 안심해서 가슴을 쓸어내리면서도 슬쩍 앨리스의 모습을 찾았다. 이쪽의 목소리를 깨닫지 못했는지, 아무래도 어딘가에 있는 가게로 들어간 모양이었다. 모습이 보이지 않았다.

그 사실을 확인하면서 아츠시는 아무렇지 않은 말투로 말했다.

"딱히 갈 곳도 없다면 걸으면서 이야기하시겠어요?"

"상관없는데 내게 할 만한 얘기는 있어? 난 아츠시와는 나이 차이도 꽤 나는데."

"시대가 이러니까요. 저도 진학이냐 취직이냐로 고민이고, 사회인인 분에게서 그런 이야기를 들을 수 있으면 격려가 됩니다."

"아아, 과연."

사사쿠라는 붙임성이 좋고 이야기하기 쉬운 인물이었다.

아츠시의 아무래도 좋은 질문에도 성실하게 답해주고, 남의 험담 같은 것도 하지 않았다. 자신도 어른이 되면 이런 인격자가 되고 싶다는 생각마저 들 지경이었다.

──그런데 왜 작은 여자아이에게 누군가를 죽이라고 협박하

는 걸까?

어쩌면 앨리스에게 무언가 원인이 있지는 않을까? 그런 생각마저 들어버릴 것 같았다.

"──그래서 나로서는 취직을 서두를 이유도 없는 한, 대학 진학을 목표로 하는 게 좋을 거 같아."

그다지 친한 사이도 아닌데 사사쿠라는 친밀한 태도로 그렇게 말했다.

"물론 대학을 나왔다고 해서 좋은 곳에 취직할 수 있는 건 아니지만, 대학을 나와야 취직할 수 있는 곳이 많으니까. 장래의 선택지는 되도록 많이 준비해두는 편이 좋아. 뭐, 내 개인적인 생각이지만."

"아, 고맙습니다, 무척 도움이 되었어요."

어쩐지 상대방을 속이는 것 같은 기분이 들어서 식은땀을 닦으며 그렇게 대꾸하자, 시시쿠라는 쓰게 웃었다.

"하지만 넌 성실해 보이는데 왜 재수를 하게 된 거지? 어려운 데라도 지원한 거야?"

그 말을 듣자, 아츠시는 말문이 턱 막혔다.

"……조금, 사건 같은 일이 일어나 버려서, 내신에 영향이 가고 말았어요."

"그렇군……. 그건 참으로 운이 나빴구나."

동정의 뜻을 드러내는 사사쿠라의 모습을 보고 아츠시는 문득 깨달았다.

——지금이라면, 속을 슬쩍 떠봐도 자연스럽지 않을까?

더 이상 이런 기회는 없을지도 모른다. 아츠시는 큰맘 먹고 물어보았다.

"사사쿠라 씨는 용서할 수 없는 상대나 죽이고 싶을 만큼 미운 상대가 있습니까?"

그 순간, 온화해 보이는 표정이 단숨에 얼어붙었다.

사사쿠라는 어두운 목소리로 중얼거렸다.

"……그래, 있어. 정말로 살아 있을 가치가 없는, 구제할 도리가 없는 인간이야. 놈이 죽으면 좋았을 거야."

아츠시는 확신하고 말았다.

——틀림없어. 앨리스를 협박한 것은 이 사람이야.

아츠시는 목울대를 꿀꺽 울리며 되물었다.

"그 사람은 무슨 짓을, 저지른 겁니까?"

"……아무것도 하지 않았기 때문이야."

어슴푸레한 증오로 눈동자를 떨면서 사사쿠라는 말했다.

"누구에게나 하나쯤은 소중한 것이 있어. 목숨보다도 소중하다면 목숨을 걸 수 있겠지. 그런데 그놈은 그걸 내버렸을 뿐만 아니라 지금도 태평하게 살아 있어. 용서할 수 있을 리가 없지."

아츠시는 아무런 대꾸를 할 수 없었다.

사사쿠라의 박력에 압도당하기도 했지만, 그 이상으로 그의 모습이 비통했기 때문이었다.

——이 사람은, 대체 어떤 꼴을 당한 걸까……?

물론 살인을 긍정할 수는 없다.

그래도 어떻게 하면 이 인격자가 이렇게나 남을 증오하는지 짐작도 가지 않았다. 어지간한 이유가 있지는 않을까 하는 생각이 들고 말았다.

그런 아츠시의 반응을 보고, 사사쿠라는 마침내 제정신을 차렸다.

"미안해. 이상한 소리를 해버렸네. 잊어줘."

"아, 아니요……."

그렇게 말하고 사사쿠라는 떠나가 버렸다.

이번에는 아츠시도 따라갈 마음이 들지 않았다.

한동안 아연하게 멀거니 서 있노라니, 느닷없이 뒤에서 발소리가 들렸다.

뒤를 돌아보자 거기에는——.

"아츠시 오빠."

앨리스가 서 있었다.

◇

앨리스는 물끄러미 아츠시를 올려다보았다.

평소부터 표정 변화가 부족하지만, 지금 가만히 바라보는 시

선은 노려보는 것처럼 보였다. 작은 소녀는 억양 없는 목소리로
아츠시에게 물었다.

"저를, 미행한 건가요?"

"그게……."

아츠시는 변명하려고 허공에 시선을 굴리다가 고개를 숙이다
시피 하며 긍정했다.

"미안해. 잘못된 일이라고 생각하긴 했지만, 신경 쓰여서……."

앨리스는 고민하는 기색을 보이면서 흠 소리를 내고 고개를
끄덕였다.

"쇼타로 씨가 뒤에서 조종한 건가요?"

"그렇지도 않은데……."

분명 쇼타로가 계기를 주었지만, 아츠시의 의지로 따라왔다.
아츠시도 그것을 남 탓으로 돌릴 만큼 염치없지는 않다.

무엇보다, 이 소녀 앞에서 그런 추한 어른의 모습을 보이고 싶
지는 않았다.

그러나 앨리스는 모든 것을 헤아렸다는 양 고개를 옆으로 내
저었다.

"괜찮아요. 그 사람은 예전부터 그런 식으로 남을 휘두르는
분이었으니까요."

"……? 예전부터라니, 그 사람이 점장이 된 건 최근이 아니
었어?"

아츠시가 고개를 갸웃거리자, 앨리스는 화들짝 놀란 듯이 입

을 막았다. 그래도 표정은 눈을 깜빡이기만 할 뿐, 변하지 않았으니 오히려 희한했다.

앨리스는 어딘가 인정하고 싶지 않다는 듯이 중얼거렸다.

"우리 부모님과 그 사람은 사이가 좋았으니까요."

"그랬구나. 뭐랄까, 힘들겠다."

이전에는 쇼타로의 조부가 커피점의 점장이었다. 그 점이 앨리스가 그 가게의 단골손님인 것과도 관계가 있을지도 모른다.

그보다, 하고 앨리스는 말했다.

"하지만 그렇게 걱정하지 않아도 괜찮아요."

그렇게 말하며 주머니에서 플라스틱 덩어리를 꺼냈다. 오래전 휴대전화 같은 형태를 띠었다.

"여차할 때는 방범 버저도 있으니까요."

앨리스도 신변의 위험을 느끼면서 무방비하게 걸을 만큼 부주의하지는 않았던 모양이다. 빈틈없는 처신에 아츠시도 조금은 안심했다.

그런 다음, 앨리스는 곤란하다는 듯이 미간에 주름을 잡았다.

"하지만 이번엔 정말로 너무한 거 같아요. 아츠시 오빠까지 말려들게 하다니."

"딱히 말려든 건 아닌데……."

앨리스의 힘이 되어주겠다고 결심한 것은 아츠시의 의지다.

아츠시가 그렇게 답하려고 하자, 앨리스는 말을 가로막듯이 고개를 옆으로 내저었다.

"말려든 거예요. 아마도 저와 아츠시 오빠가 여기서 이야기하는 모습을, **사사쿠라 아저씨가** 봤을 거예요."

그 이름을 듣자 아츠시의 표정은 험악해졌다.

"⋯⋯역시, 널 협박한 건 사사쿠라 씨구나?"

"딱히 협박당한 건 아니에요. 그저 곤란한 일을 거절할 도리가 없게끔 말해왔을 뿐이고⋯⋯."

"마찬가지잖아. 대체, 사사쿠라 씨는 네게 무슨 소리를 한 거야?"

아츠시는 엉거주춤하게 서서 앨리스와 시선의 높이를 맞췄다.

라피스라줄리와 에메랄드의 눈동자가 똑바로 자신을 바라보았다.

"이야기해주지 않을래? 나라도 괜찮다면 말이지만."

진지한 목소리로 물었다.

앨리스는 망설이듯이 눈동자를 좌우로 굴리더니, 이윽고 끈기에 졌다는 양 고개를 끄덕였다.

"⋯⋯알겠어요. 아츠시 오빠도 말려들었고 하니, 사정을 아는 편이 좋을 거 같고요."

"아까도 말했지만 난 말려들었다고는 생각 안 해. 게다가 이야기하는 모습을 본 것쯤은 아무래도──."

아츠시의 말을 가로막듯이, 앨리스는 고개를 옆으로 내저었다.

"제가 고개를 위아래로 끄덕이지 않았을 때, 아츠시 오빠에게 위해를 가하리라고는 생각 안 하나요?"

아츠시는 날카로운 한마디를 듣자 아무런 대꾸를 할 수 없었다.

그리고 그 말에 불안을 품게 된 불안은 자신의 신변에 대해서가 아니었다.

──이 아이는, 대체 어떤 사건에 말려든 걸까……?

이런 가능성이 자연스럽게 떠오를 만큼, 위험한 상황에 놓였다는 뜻이다.

그래서 아츠시는 그 눈동자에서 눈을 피하지 않게끔 곧바로 고개를 끄덕였다.

"네 힘이 되어주고 싶은 건 내 의지야. 쇼타로 씨 때문도 아니고 앨리스 탓도 아니야. 앞으로 무슨 일이 일어난다 해도, 그건 내가 선택한 일이야."

앨리스는 불현듯이 눈을 휘둥그레 떴다.

그리고 입안에서 말을 굴리는 듯이 중얼거렸다.

"어째서, 그렇게까지……?"

"앨리스는 내 커피를 맛있게 마셔주는, 제일가는 손님이잖아. 곤란하다는 말을 들으면 도와주고 싶은 게 자연스러운 일 아닐까?"

앨리스는 작게 숨을 삼키고, 그런 다음 믿기를 두려워하듯이 되물었다.

"아츠시 오빠는, 누구에게나 그렇게 말하나요?"

"글쎄? 하지만 지금 상황에서는 그런 소리를 한 건 네가 처음이야."

말하고 나서 문득 자신의 언동에 의문을 품었다.

——얼레? 이건 유혹하는 거 아닌가?

탁 트인 길거리에서 대낮에 당당히 여자 초등학생을 꼬드기는 대학 재수생——체포 구류 확정이다.

아츠시의 뺨에 식은땀이 타고 내렸지만, 앨리스는 가슴을 꽉 억누르고서 고개를 숙이고 말았다.

그런 다음, 아츠시의 옷자락을 움켜쥐었다.

"……사실은, 굉장히 곤란해요. 도와주세요."

감정을 보이지 않는 소녀가 처음으로 입에 담아준 본심이었다.

"물론이지."

그렇게 대답한 아츠시는 자연스럽게 앨리스의 머리를 쓰다듬 었다.

◇

다음 날 저녁이 되었을 무렵, 아츠시는 앨리스와 나란히 걸었다.

아츠시도 사복으로 갈아입었는데, 지금부터 어떤 장소로 향하는 참이었다. '로코'의 근무 시간이 끝나기를 기다렸기 때문에 시간이 이렇게 되고 말았다.

"늦어서 미안해."

"아니요, 일은 중요하니까요. 이유가 뭐든지 간에 일을 제대로 하지 않으면 쇼타로 씨처럼 되어버릴 거예요."

역시 앨리스가 봐도 쇼타로는 몹쓸 어른인 모양이다. 덧붙여 그는 오늘도 담배를 피우거나, 신문을 읽거나, 회중시계 태엽을 감거나 하는, 세 가지 일밖에 하지 않았다.

앨리스는 유난히 진지한 모습으로 고개를 옆으로 내저었다. 켈트 십자가 귀걸이가 반짝반짝 빛을 반사하며 흔들렸다.

──사사쿠라 씨, 오늘은 안 왔어.

어제 일 때문에 거북했을지도 모르지만 이상한 짓을 하지 않을지 걱정이었다.

일단 앨리스는 무사한 모양이니 아무 일도 없었을 것 같지만.

아츠시는 어제 있었던 일의 뒷부분을 떠올렸다.

『제 부모님은, 비밀스러운 일을 하셨어요.』

그런 식으로 앨리스는 이야기를 시작했다.

──비밀스러운 일이라니, 설마…….

살인청부업자──현실적이지 않다는 사실을 알지만, 죽는다는 둥 죽인다는 둥 하는 이야기를 통해 아무래도 그런 직업을 연상하고 말았다.

『제 눈, 좌우 색이 조금 다르다는 건 아츠시 오빠도 눈치챘죠? 이건 엄마가 북유럽인이었기 때문인데, 그래서 제게도 그 일의 재능이 있는 모양이라서…….』

『그럼, 혹시 사사쿠라 씨도……?』

앨리스는 고개를 끄덕 주억였다.

『어딘가에서 일에 대해 우연히 듣고 찾아온 거 같아요. 지금은 더 이상 의뢰를 받지 않는다고 설명해도 받아들이지를 않아서…….』

『그래서, 네게 하라고?』

『……네. 할 수 없느냐고 물었는데 순간적으로 할 수 없다고 답할 수 없었으니까, 그걸로 알아챈 거 같아요.』

그 '비밀스러운 일'이 구체적으로 어떤 것인지, 앨리스는 이야기해주지 않았다. 아츠시의 상상대로라면 이런 어린 소녀가 말하기에도 가혹한 내용이리라.

그리고 앨리스는 이렇게 말했다.

『이번 일은 사사쿠라 아저씨가 생각을 고치는 게 제일일 거 같아요. 그래서 이해하게 하려면 '어떤 것'이 필요한데, 어떻게 손에 넣으면 좋을지 몰라서…….』

그래서 아츠시가 그 물건을 손에 넣어주길 바란다는 뜻이었다.

그러나 아츠시가 그 대화에서 신경 쓰였던 점은 사사쿠라 문제도 앨리스의 '비밀스러운 일'도 아니었다.

──앨리스는 부모님에 대해서 전부 과거형으로 말하는구나…….

그 부모님의 일을 앨리스가 맡을 수밖에 없다는 사실, 그리고 어린 그녀가 본래 도움을 요청해야 할 상대에게 도움을 요청할 수 없는 사실, 그 점을 통해 부모님이 현재 어떤 상황인지 상상이 간다.

그 말인즉——.

——앨리스도, **나와 마찬가지**였어.

그래서 아츠시는 그녀를 내버려 둘 수 없었다.

이리하여 앨리스가 말하는 '필요한 물건'을 찾으러 가게 되었다.

아츠시의 일을 방해할 수는 없다고 하는 앨리스의 강한 의지에 따라서 나중에 하게 되었지만.

"——그래서, 난 뭘 하면 되는데?"

아츠시가 다시금 그렇게 묻자 앨리스의 말문이 막혔다.

"……의 …………을."

어지간히 말하기 어려운 것인지 앨리스의 목소리는 작아서 들리지 않았다.

"미안, 살 안 들리는데."

"그러니까…… 사사쿠라 아저씨의 ……의 ……를."

아까보다 커졌지만 역시 중요한 부분이 들리지 않았다.

아츠시가 고개를 갸웃거리고 있노라니, 앨리스는 체념한 듯이 이렇게 말했다.

"사사쿠라 아저씨가 죽게 만든 어떤 사람의, 유품을 손에 넣었으면 좋겠어요."

"······뭐?"

이 말에 아츠시도 눈을 크게 떴다.

"자, 잠깐 기다려! 그 사람, 기다리다 못해서 사람을 죽여버린 거야?"

그것을 앨리스에게 의뢰하지 않았던가?

앨리스는 조용히 고개를 옆으로 내저었다.

"아니에요. 뭐라고 해야 할까, 사사쿠라 아저씨는 사실은 그 사람을 구하고 싶었을 거예요. 하지만 구할 수 없었던 사람은 이제, 지금부터 구할 수는 없어요. 그걸 사사쿠라 아저씨가 이해한다면 이 사건은 해결될 거예요."

전혀 종잡을 수 없는 이야기였다.

"잘 모르겠는데. 역시 자세한 내용을 말할 수 없는 거야?"

"······죄송해요. 제가 설명이 서툴러서."

딱히 그녀도 숨기는 것은 아닌 모양이다. 굳이 말하자면 능숙하게 말할 수 없다는 기색이었다.

아츠시는 아무렇지도 않다는 듯이 고개를 끄덕였다.

"신경 쓰지 않아도 돼. 지금은 우선 할 수 있는 일을 해보자."

"······네."

그리하여 나란히 걷기를 10분.

앨리스가 발걸음을 멈춘 곳은 민가 한 채의 앞이었다.

"여기예요."

벽은 하얗고, 2층에는 커다란 발코니까지 있는 깔끔한 집이었다. 작으면서도 차고까지 있고, 부지에는 우아한 철책을 둘러놓았다.

차고에 차는 보이지 않았다. 집주인은 집을 비운 모양이었다.

그런 다음 문 바로 옆에 있는 명패에 눈길을 주고, 아츠시는 눈을 크게 떴다.

"여기⋯⋯는, 사사쿠라 씨 댁?"

거기에는 틀림없이 '사사쿠라'라는 글자가 새겨져 있었다.

──뭐, 생각해보면 당연한가.

앨리스의 말에 따르면 그가 죽인 '누군가'는 그가 구하고 싶었던 소중한 상대였던 모양이다.

어쨌거나 이 집에 숨어 들어가 그 유품을 손에 넣어야만 한다.

──이건 역시, 도둑질하는 거겠지.

사람의 목숨이 걸렸다고는 해도, 이게 범죄라고 생각하자 주눅이 들고 말았다.

그래도 대문을 열고 집 문으로 손을 댔다.

"⋯⋯뭐, 안 열리겠지."

문에는 역시 자물쇠가 걸려 있었다.

"일단 어떻게든 해서 자물쇠를 열어야⋯⋯."

그때였다.

"──우리 집에 무슨 용건이지?"

등 뒤에서 그런 목소리가 들렸다.

"사사쿠라, 씨⋯⋯."

이 집의 주인이자 앨리스를 협박한 범인이 거기에 서 있었다.

"뭘 하러 왔는지는 모르겠지만, 가택침입이라니 기가 막히는데."

그런 다음 앨리스에게 눈길을 주었다.

어린 소녀는 몸을 떨며 아츠시의 뒤로 숨었다.

"아무래도 의뢰를 받으러 온 건 아닌 모양이군."

앨리스는 아츠시의 옷자락을 꼬옥 움켜쥐고 머뭇머뭇 목소리를 냈다.

"의뢰는, 받을 수 없다고, 말했을 텐데요."

"그런 말을 듣고 이해할 수 있으리라 생각해?"

그것은 그 사람 좋아 보이는 얼굴에서는 상상도 가지 않는, 어두운 악의로 가득 찬 표정이었다. 아츠시 일행의 태도에 따라서는 정말로 목숨을 해칠 우려가 있다고 느꼈다.

──앨리스만이라도 도망치게 해야 해……. 아니, 앞으로 나아가게 해야 해!

그렇게 생각하고 난 다음에 벌인 행동은 빨랐다.

"──윽, 앨리스, 어서 가!"

그렇게 외치며 아츠시는 **문고리를 비틀었다.**

콰직 하고 둔탁한 소리가 나더니 잠겨 있을 문이 열렸다.

사사쿠라만이 아니라 앨리스까지 쩌억 입을 벌렸다. 아츠시는 그 틈을 놓치지 않고서 앨리스를 문 안으로 밀어 넣었다.

"아츠시 오빠!"

"됐으니까 가."

그리고 아츠시는 문을 지키듯이 가로막아 섰다.

사사쿠라는 곤란하다는 양 머리를 긁적였다.

"……이상하네. 자물쇠는 잠갔을 텐데."

"열려 있었던 모양이에요. 적어도 지금은 평범하게 열었어요."

흐음, 하고 사사쿠라는 고개를 주억였다.

"뭘 한 거지? 혹시 그건 네가 대학 수험에 떨어진 원인이 된 사건과 관계가 있는 건가?"

정곡이었다.

사사쿠라는 식은땀을 흘리는 아츠시를 시험하듯이 중얼거렸다.

"넌 그 과거를 바꿀 수 있다고 치면, 다시 고치고 싶다고 생각하지 않아?"

"부슨, 뜻입니까……?"

아츠시가 눈살을 찌푸리자, 사사쿠라는 과장된 몸짓으로 어깨를 으쓱였다.

"말 그대로의 뜻이야. 보통이라면 생각할 수 없는 일이지만, 그 아이에게는 그런 걸 할 수 있는 힘이 있어."

"앨리스에 대해서 말하는 겁니까……?"

아츠시가 그렇게 되묻자, 사사쿠라는 뜻밖이라는 표정을 지었다.

"뭐야. 모르고서 협력했던 거야? 너도 유별나군."

"우리 가게는 한가해서요."

아츠시가 조금이나마 허세를 되돌리자, 사사쿠라는 일그러진 웃음을 띠웠다.

"나에겐 딸이 있었어. 아내도 일찍 세상을 떠나서 딸은 내게 삶의 보람 그 자체였지. 항상 내가 부는 색소폰을 기쁘게 들어주었어."

그렇게 이야기하는 사사쿠라의 얼굴에는 한순간이기는 했지만 정말로 다정한 모습이 보였다. 이 상황에서도 그런 표정을 보일 만큼 소중한 존재였으리라.

그러나 그렇기에 증오의 색은 더더욱 늘어났다.

머리카락을 마구 흐트러뜨리며 사사쿠라는 외쳤다.

"그런데 난 그 애를 죽게 해버렸어. ……교통사고였지. 그때 함께 있어줬더라면, 그렇게 되지는 않았을 텐데!"

가슴이 찢어지는 것 같은 목소리였다.

아츠시는 주눅이 들어서 숨을 삼켰다.

사사쿠라가 대문을 지나서 아츠시를 향해 다가왔다.

아니, 아츠시의 뒤──문 안쪽에 숨은 앨리스의 곁으로 다가가려 하는 것이었다.

──여기에서 설복당하면 안 돼.

도망치고 싶어지는 다리를 힘껏 디디며 이를 악물었다.

그런 아츠시의 허세를 비웃듯이 사사쿠라는 이렇게 말했다.

"그런 딸을 되살릴 수 있을지도 모른다는 사실을 알게 된다면, 너라면 포기할 수 있겠어?"

아츠시는 사사쿠라가 무슨 소리를 하는지 이해할 수 없었다.

그러나 그래도 망상이나 착각으로 이야기하는 것과는 다른, 무언가 확신 어린 믿음이 있었다.

무엇보다 아츠시도 이렇게 생각하고 말았다.

——앨리스에게는, 무언가 신기한 구석이 있어.

어쩌면 그런 기적 같은 일을 할 수 있을지도 모른다고.

그 생각을 인정하지 않으려는 듯이 아츠시는 고개를 내저었다.

"무슨, 소리를 하는 겁니까……? 그런 작은 여자아이에게, 그런 게…….."

"뭐, 그렇게 생각하겠지. 나도 처음엔 그렇게 생각했어. 하지만 그 애는 할 수 없다고 대답하시 않았어. 뭐, 그 나름대로 대가는 필요한 모양이지만."

"——으, 누군가를 죽인다는 건, 그걸 위해서입니까?"

사사쿠라는 웃음을 터뜨렸다.

"뭐, 그렇지. 마침, 살아 있어도 의미가 없는 인간은 짚이는 데가 있거든. 딸 대신 죽게 하기로 했어."

교통사고——사사쿠라는 그렇게 말했다.

——사사쿠라 씨가 죽이고 싶은 이는 그 운전자나 누군가일까?

증오하는 상대가 있고 그 인물을 죽이면 가장 사랑하는 딸이 돌아온다고 치면, 하지 않을 이유는 없으리라.

적어도 사사쿠라는 그 정도로는 딸을 소중히 생각할 터였다.

──하지만 그렇다고 그런 걸 인정할 수는 없어.

사사쿠라의 이야기를 곧이곧대로 받아들일 생각은 없지만, 그 것은 결국 앨리스에게 살인을 거들게 한다는 뜻이다.

"……그런 일이, 용납될 거 같습니까?"

"용납되고말고. 다름 아닌 내가 용납하니까."

저도 모르게 아츠시는 뒤로 물러섰다. 곧바로 뒤에 있는 문에 부딪치고 말았지만.

앨리스가 도망간 문이다.

──도망칠 수는 없지…….

아츠시는 사사쿠라를 노려보았다.

"당신이 하는 말은 절반도 이해할 수 없지만, 그렇다고 앨리 스에게 살인을 거들게 할 수는 없습니다."

"뭐, 넌 그렇게 말할 줄 알았어."

사사쿠라의 눈동자에서 우정의 빛이 사라졌다.

"이야기는 끝났어. 누구든지 하나는 목숨을 걸어야만 하는 게 있다고 말했었지. 내게는 이게 그래. 그 아이를 되찾을 수 있다 면, 살인도 기꺼이 하겠어."

사사쿠라는 품에서 빛나는 물건을 꺼내 들었다.

접이식 나이프였다.

작기는 해도 날붙이였다.

주눅 들고 말았다.

무엇보다 누군가가 자신에게 이런 집념을 향하는 것은 처음이었다.

그러자, 그때였다.

뒤에 있는 문이 안쪽을 향해서 혼자서 열렸다.

"아츠시 오빠, 찾아냈어요!"

앨리스였다.

"지금 나오면 안 돼!"

그러나 아츠시의 외침도 덧없이, 사사쿠라는 앨리스에게 뛰어들었다.

"놓치지 않겠다. 이번에야말로——……, 어?"

그 얼굴이 곤혹스러움으로 물들었다.

아츠시는 나이프를 쥔 그 손을 휙 붙잡아서 멈췄다.

그야말로 실밥이라도 집는 것처럼 부드러운 동작으로 말이다. 그러면서도 사사쿠라가 밀든지 당기든지 그 팔은 꿈쩍도 하지 않았다.

아츠시는 그 손에서 살짝 나이프를 집어 들었다.

사사쿠라도 저항하기는 했으리라. 그야말로 있는 힘껏 움켜쥐었을 터였다. 그런데 스스로 놓은 것처럼 간단히 집어들 수 있었다.

그는 깨달았으리라.

아츠시가 비틀어 연 문의 문고리가 덜그럭덜그럭 헛돌고 있다는 사실을. 자물쇠가 열린 것이 아니라, 안쪽의 구조가 휘어져서 의미를 잃었다고.

사사쿠라는 완전히 안색이 시퍼레져서 아츠시를 올려다보았다.

"뭐가, 어떻게……."

"죄송합니다. 전 악력에 조금 이상이 있어요."

타고난 것은 아니다. 어느샌가 이렇게 되어 있었다.

이상을 깨달은 때는 대학 수험을 앞둔 겨울날이었다.

그때도 아츠시는 눈앞에서 폭한에게 습격당하는 학생을 보고 도와주러 끼어들었다. 그러나 자신의 악력에 이상이 생겼다는 사실을 깨닫지 못했던 아츠시는 폭한의 팔을 꽉 쥐어서 으스러뜨리고 말았다.

정당방위로 끝날 수준이 아니었다.

당연히 상해 사건으로 고등학교에도 통보되었고, 그 사건은 수험에 크게 영향을 미쳤다.

그래서 아츠시는 지금도 벌레를 집는 것처럼 부드러운 동작으로 사사쿠라의 팔을 붙들었다. 다치지 않도록, 꺾어버리지 않도록, 부서지기 쉬운 유리 세공이라도 다루듯이.

그 배려와 손대중을 실감하고 말았으리라. 사사쿠라는 움직일 수 없게 되었다.

아츠시는 사사쿠라가 전의를 잃었다는 사실을 확인하고서 천천히 그 손을 놓았다.

그런 다음, 뒤에 있는 앨리스에게 눈길을 보냈다.

이쪽도 완전히 몸이 굳어 버렸지만, 어린 소녀는 양손에 커다란 인형을 안고 있었다.

"그게, 유품이야?"

아츠시가 확인하듯이 묻자, 앨리스도 제정신을 차리고서 고개를 끄덕였다.

"네. 이게 있으면 괜찮을 거예요."

앨리스의 초록 눈동자가 살짝 빛나는 것처럼 보였다.

작은 소녀는 똑바로 사사쿠라를 올려다보더니 의연한 말투로 이렇게 말했다.

"사사쿠라 아저씨. 전 역시, 사사쿠라 아저씨의 의뢰를 받아들일 수 없어요. **사사쿠라 아저씨를 죽여서** 사사쿠라 아저씨의 따님을 되살릴 수는 없어요."

아츠시는 귀를 의심했다.

——사사쿠라 씨를 죽인다고……? 아니, 되살린다니, 정말로?

사사쿠라에게는 미워서 견딜 수 없는 상대가 있었지 않았나?

그런데 앨리스가 죽여야만 하는 상대는 사사쿠라 본인이었다는 것인가?

아츠시의 머리에 의문이 흘러넘쳤지만, 앨리스는 살짝 인형을 들어 올렸다.

"하지만 다시 한 번 만나게 해드릴 수는 있어요."

숨을 쓰읍 들이마시고, 소녀는 분홍빛 입술을 떨었다.

『――Hush-a-bye, baby, on the tree top, When the wind blows the cradle will rock, (자장자장 잘 자거라, 나뭇가지에 바람이 불면 요람이 흔들리네.)――』

『――When the bough breaks the cradle will fall, Down will come baby, cradle, and all. (가지가 부러지면 요람이 떨어진다네, 아기와 요람 모두.)――』

앨리스가 흥얼거린 것은 어쩐지 그리운 선율의 노래였다.

――이건 자장가 같은 건가?

왜 여기서 그런 노래를?

의문으로 여겼을 때는, 그 일이 일어났다.

작은 발소리가 탁탁탁 울렸다.

"……어?"

아츠시에게는 그 모습이 보이지 않았다.

그러나 발소리는 아츠시와 앨리스 곁을 지나가, 사사쿠라의 품으로 뛰어드는 것처럼 여겨졌다.

『아빠!』

그리고 그런 목소리가 들렸다.

믿을 수 없다는 양 사사쿠라가 무릎을 꿇었다.

그대로 보이지 않는 무언가를 끌어안듯이 양팔을 둘렀다.

"미나……."

사사쿠라가 그 이름을 입에 담자, 마침내 아츠시에게도 거기에 있는 작은 여자아이의 그림자가 보였다.

앨리스보다 나이가 어리리라. 기껏해야 일고여덟 살쯤 되는 어린아이였다.

사사쿠라는 이제 놓지 않겠다며 얼굴을 가까이 가져다 댔다.

그러나 그는 그렇게 할 뿐 아무 말도 하지 않았다.

전하고 싶었던 말, 걸어주고 싶었던 목소리, 분명 잔뜩 있었으리라. 그런데 입을 열 수는 없었다.

그것은 가슴이 벅차서 목소리가 나오지 않는다는 것과는 무언가 다르게 보였다.

얼마 정도 되는 시간을 그러고 있었을까?

10초인가 1분인가, 그리 긴 시간은 아니었을 것 같다.

이윽고, 여자아이의 모습은 안개처럼 흐릿해져 사라지기 시작했다.

"아아……!"

비통한 목소리를 흘리는 사사쿠라를 향해, 여자아이는 마지막으로 이렇게 말했다.

『사랑해.』

그리고 여자아이의 모습은 사라지고 말았다.

모든 것이 꿈이었던 것처럼.

사라진 여자아이의 모습을 끌어당기듯이 팔을 휘젓더니, 사사쿠라는 얼굴을 손으로 덮고서 맥없이 주저앉았다.

아츠시는 무어라 말을 걸어야 할 지 몰랐다.

앨리스가 꽈악 옷자락을 움켜쥐었다.

"가요, 아츠시 오빠."

소리를 내며 우는 한 사람의 아버지를 남기고서, 아츠시와 앨리스는 그 자리를 뒤로했다.

◇

다음 날.

커피점 '로코'에는 아츠시 혼자뿐이었다.

점장인 쇼타로는 어제부터 가게를 열자 곧바로 어딘가로 사라져버렸다. 아츠시와 얼굴을 마주하기 거북할지도 모르겠지만.

그리고 정오를 지났을 무렵, 앨리스는 커피점 '로코'의 늘 앉는 자리에 나타났다.

그 뒤 아무런 대화도 없이 아츠시는 앨리스와 헤어졌다.

아무 말도 할 수 없었던 것이었다.

어쩌면 더 이상 '로코'에 찾아오지 않을지도 모른다고 생각했지만, 앨리스는 또 여기에 와주었다.

아츠시는 평소대로 오늘의 커피를 나르고 미안하다는 듯이 그렇게 말했다.

"결국, 난 도움이 되지 못했구나."

"……그렇지 않아요. 저 혼자서는 아무것도 할 수 없었을 거예요."

그렇게 말하지만, 결국 해결한 사람은 앨리스라고 생각했다.

"그래서, 그때 앨리스는 뭘 한 거야?"

앨리스가 무언가 노래를 부르자, 거기에 없었을 여자아이가 나타났다.

──그 여자아이는 환상이었을까?

그런 것치고는 너무나도 생생했다.

실제로 닿지는 않았지만, 숨을 쉬는 깃처럼 보였고, 초목 같은 어린아이 특유의 냄새도 났다. 그 아이를 직접 끌어안은 사사쿠라에게는 체온까지 전해지지 않았을까 싶다.

앨리스는 우물거렸지만, 그래도 아츠시의 얼굴을 올려보며 고개를 끄덕 주억였다.

"……못 믿으시겠지만, 전 '마법'이라는 걸 쓸 수 있어요."

"마법……?"

"네. 자연이라든가 정령이라든가 신령님 같은 존재로부터 힘을 나누어 받아서, 아주 조금 섭리를 비트는 방법을 말해요."

분명 그때 펼쳐진 광경은 마법처럼만 보였다.

실제로 직접 눈으로 본 지금도 갑자기 받아들이기 어렵기는 하지만.

그래도, 하고 아츠시는 고개를 끄덕였다.

"그런 걸 봐버렸으니 믿지 않을 수는 없겠지."

그렇게 말하자 앨리스도 안심한 듯이 한숨을 흘렸다.

——아아, 과연. 마법이라는 말을 입에 담을 수는 없었으니까, 그런 애매한 표현밖에 할 수 없었던 건가?

그녀가 말주변이 없다는 점도 혼동에 박차를 가했으리라.

앨리스는 컵 손잡이를 손가락으로 쓸면서 말했다.

"그때 보여준 건, 엄밀히 따지면 사사쿠라 아저씨의 따님 본인이 아니에요. 유품에 남아 있던 추억에 형태를 부여했을 뿐인 환상이에요."

그렇게 말하고 나서 미안하다는 듯이 한마디 더 덧붙였다.

"……속인 게, 될지도 모르겠지만요."

환상이었다고 쳐도 사사쿠라에게는 진짜 딸과의 재회였을 터였다.

그 방식이 옳았는지는 모르겠지만, 분명 가장 좋은 방법이었다고 생각한다.

그래서 아츠시는 고개를 옆으로 내저었다.

"분명, 그걸로 좋았을 거야."

사사쿠라의 소원을 들어줄 수는 없다. 그래도 그를 위해서 무언가 해주려 한다면, 다른 방법은 없었으리라.

그보다, 하고 의문을 내던졌다.

"그럼, 진짜로 죽은 사람을 되살릴 수도 있어?"

"못 해요."

"그럼, 그렇게 말하면 좋았잖아……."

앨리스는 고개를 옆으로 내저었다.

"하지만 방법이 있기는 했어요."

"그 말은?"

"죽은 사람을 되살리는 편리한 마법은 없어요. 하지만……."

앨리스는 그 뒷이야기를 입 밖에 내기를 주저하듯이 입을 다물어버렸다.

그래도 이윽고 체념한 양 이렇게 말했다.

"생명을 바꿔 넣는 미법이라면, 있어요."

아츠시는 눈을 크게 떴다.

"그래서, 사람을 죽인다는 이야기가 된 거야?"

"네."

자기 자식을 위해서 목숨을 내던지는 부모라는 존재는 분명 생각할 수 있을 법한 이야기였다.

"하지만, 그렇다면 앨리스를 죽인다는 건……?"

"의뢰를 받아들이지 않는다면 그런 짓을 하겠다는 말을 했거

제1장 마법사의 일　79

든요······."

그것이 기세뿐인 말이 아니라는 사실은 아츠시도 이해했다.

——그런 집념을 불태웠어. 자신의 목숨도 내던질 수 있는데, 거절한 앨리스에게 아무 짓도 안 하고 넘어가지는 않았겠지······.

어쩌면 목숨을 잃는 것보다 훨씬 지독한 꼴을 당했을지도 모른다.

다시금 그 사실을 깨닫자 아츠시는 자신이 앨리스에게 협력해서 다행이라고 생각했다.

그런 다음, 근본적인 의문을 깨달았다.

"하지만 그런 힘을 가지고 있다면, 앨리스는 마법으로 자신의 몸을 지킬 수도 있었던 거 아니야?"

아츠시가 그렇게 묻자, 앨리스는 그 눈동자에 우울한 빛을 띠우며 고개를 옆으로 내저었다.

"마법이라는 건 남을 위해서 쓰는 힘이에요. 그러니까 자신을 위해서는 쓸 수 없어요."

"그건 마법사의 규칙 같은 거야?"

"규칙이라고 해야 할지, 아무래도 그렇게 되어버려요."

앨리스는 자신이 하는 말에 담긴 의미를 곱씹듯이 자신의 가슴을 누르고 이야기했다.

"아무리 대단한 힘을 가지고 있어도, 정말로 죽은 사람을 되살릴 수 있다고 해도, 내가 원하는 것을 위해서 마법을 쓰면 안 돼요. 소원이 이루어지는 것처럼 보여도, 마지막에는 결국 잃게 돼서 절대로 손에 넣을 수 없어요."

그 대답을 듣고 아츠시는 자신이 무신경한 질문을 해버렸다는 사실을 깨달았다.

──내가 원하는 것──

낮부터 이런 커피점에 들어박혀서, 양친을 과거형으로 이야기하는 앨리스.

그녀에게는 굴뚝같이 원하는 것이 있을 텐데, 마법으로 그것을 손에 넣을 수는 없다.

"꺼림칙한 얘기를 하게 해서 미안."

"……그렇지 않아요."

화제를 바꾸려는 듯이 아츠시는 다른 의문을 입 밖에 냈다.

"사사쿠라 씨는 그걸로 포기했으려나……?"

"모르겠어요. 하지만 생각을 고칠 계기 정도는 됐을 거 같아요."

만약 사사쿠라가 포기하지 않고 또 앨리스에게 들러붙는다면, 아츠시도 각오를 정해야만 한다.

──그 정도밖에 쓸 방도가 없는 힘이니까.

자신의 손바닥을 바라보았다.

그저 악력이 이상하게 강하기만 한, 무의미한 힘. 앨리스처럼 누군가를 구할 수 없는, 그저 사물을 부수기만 하는 힘이다.

그때였다.

땡그랑 종소리를 울리며 조청빛 문이 열렸다.

"어서 오세요──?!"

뒤를 돌아보고 아츠시는 표정을 굳히게 되었다.

"사사쿠라, 씨……?"

거기에 서 있는 이는 사사쿠라였다.

그는 피곤한 듯이 미소 지었다.

"그렇게 몸 사리지 않아도, 더 이상 앨리스에게 무언가 할 마음은 없어."

그런 다음 카운터석으로 눈길을 향했다.

"또 커피를 마시러 오겠다고 약속한 게 떠올라서. ……괜찮을까?"

"어, 네……."

아츠시는 앨리스에게 시선을 주고 나서 카운터 안으로 돌아갔다.

"주문은 뭐로 하시겠습니까?"

"글쎄……. 그렇게 말해도, 여전히 이런 가게는 익숙지 않아서. 요전번과 같은 커피를 주겠어?"

"알겠습니다."

오늘의 커피는 콜롬비아 스트레이트다. 그날, 사사쿠라에게 대접한 블렌드 커피는 메뉴에 없지만, 아츠시는 익숙한 손놀림으로 커피를 따랐다.

사사쿠라는 컵을 손에 들더니, 천천히 향을 음미하고 나서 컵에 입을 댔다.

"역시, 여기 커피가 제일이야."

그렇게 말하는 표정은 정말로 만족스러워 보였다.

전날 귀기가 감돌던 그와는 다른 사람 같았다.

——뭐라고 할까, 쓰인 게 떨어져나간 거 같아…….

이 남자의 마음속에 어떤 변화가 있었는지 묻지 않을 수 없었다.

"저기, 사사쿠라 씨. 당신은 앞으로 어쩌실 겁니까?"

그는 앨리스를 노릴 생각이 없다고 말했다.

그러나 그렇다고 해서 세상을 떠난 딸을 포기하리라고 여길 수 없었다.

사사쿠라는 깊은 한숨을 흘리더니 테이블 위에서 팔짱을 꼈다.

"그러게……. 어쩔지 아직 정하지 않았어."

다만, 하고 그는 말을 이었다.

"부모라는 존재는 역시 자기 자식을 귀여워하기 마련이야. 아이를 위해서라면 뭐든지 해주고 싶어지는 생물이지."

그 점은 그날 사사쿠라의 모습을 보면 지겹도록 와닿는다.

그럼 또 앨리스를 노리게 되지는 않을까?

"하지만, 동시에 부모라는 존재는 이렇게도 생각하기 마련이야."

사사쿠라는 똑바로 아츠시를 올려다본 다음, 벽 가에 앉은 앨리스의 얼굴을 바라보았다.

"자기 자식이 자랑스러워할 부모가 되고 싶어."

생각지도 못했던 말을 듣고 아츠시는 눈을 휘둥그레 떴다.

"자랑스러워할 부모……라고요?"

"그래. 존경받고 싶은 것과는 조금 다르려나. 이 사람이 자신의 부모라서 다행이다, 그렇게 생각해줄 만한 사람이 되고 싶어. 난 부모란 그런 존재가 아닌가 싶어."

그런 다음, 후회 서린 한숨을 흘렸다.

"그때, 미나와 다시 한 번 만났을 때, 난 그 아이에게 아무 말도 해주지 못했어. 그 아이를 위한다면서 자신이 저지르려고 했던 일을 떠올리니 아무 말도 할 수 없었지."

그것은 분명 사사쿠라가 생각하는 '자랑스러워할 부모'의 모습이 아니었으리라.

"그래도 그 아이는 날 사랑한다고 말해줬어. 그 말을 들으니 어쩐지 부끄러워졌거든."

컵을 기울이며 사사쿠라는 미소 지었다.

그 얼굴에서 이전 같은 부정적인 찾아낼 수 없었다.

"마지막까지 못난 아빠였지만, 적어도 그 아이가 부끄러워하지 않을 사람이 되려고 해. 그러니 염치없는 짓은 이제 그만두기로 했어."

그 마음은 아츠시도 알 것 같은 느낌이 들었다.

——나도 아버지나 어머니가 부끄러워하지 않을 아들이 되고 싶어.

그들이 떠나고 나서 더더욱 그렇게 생각하게 되었다.

사사쿠라의 그 감정은 아츠시보다도 훨씬 강한 마음일지도 모른다.

그리고 사사쿠라는 앨리스를 향해 몸을 통째로 돌렸다.

"앨리스에게도 미안해. 딸과 그다지 나이 차이가 나지 않는 아이에게, 난 터무니없는 짓을 했어. 용서해달라고는 안 하겠지만 사과할게."

"……아니에요."

앨리스는 딱딱한 표정을 지은 채, 작게 고개를 끄덕여주었다.

두 사람 사이에서 마침내 긴장이 풀린 것처럼 보였다. 그 모습을 통해 드디어 이 사건은 해결되었다는 사실을 느꼈다.

몸에서 힘이 빼며 아츠시는 말했다.

"커피, 한 잔 더 드릴까요?"

사사쿠라의 컵에는 이미 한 모금 분량 정도의 커피만이 남았다. 컵을 바라보며, 사사쿠라는 고개를 옆으로 내저있다.

"아니, 오래 있을 생각은 없으니까 사양할게."

그런 다음, 다시 아츠시에게 눈길을 주었다.

"아아, 그렇지. 딱 하나 물어보고 싶은 게 있었어."

"뭔가요?"

아츠시가 고개를 갸웃거리자, 사사쿠라는 진지한 표정으로 입을 열었다.

"우리 집 문 말인데, 문고리 통째로 자물쇠가 비틀려 끊어졌어. 평범한 인간의 힘이 아니지. 혹시 너도 그쪽 사람이야?"

"······아니요. 저도 왜 이렇게 되었는지 모르겠어요."

계기로 여겨지는 사건은 있었다. 이 힘을 깨닫기 얼마 전에, 잊기 힘든 사건이 일어난 것이었다.

그러나 원인을 따지자면 전혀 짐작이 가지 않는다.

이것이 일시적인지 그렇지 않으면 원래대로 돌아갈 수는 없는지, 아츠시는 그것조차 모른다.

그렇구나, 하고 사사쿠라는 고개를 숙였다.

"하지만 힘을 가지고 있는 거지. 이봐, 아츠시. 네게 그런 힘이 있는데, 어째서 처음부터 날 제압하려고 들지 않은 거야? 게다가 그때 넌 떨고 있었어."

"갑자기 힘을 써서 제 뜻에 따르게 하는 건 그저 폭력이잖아요······."

아츠시가 어이없다는 표정으로 대답하자, 사사쿠라도 "맞는 말이군"이라며 웃었다.

"그럼, 떨었던 건? 힘을 휘두르는 걸 참고 있었기 때문인가?"

그때, 앨리스를 감싸고 사사쿠라와 대치했던 아츠시는 보기 흉하게 떨고 있었다.

사사쿠라가 대답하기 어려운 질문만을 거침없이 지적하자, 아츠시도 떨떠름한 표정을 띠웠다.

그래도 이윽고 체념한 듯이 입을 열었다.

"눈앞에 그렇게 화난 사람이 있으면 보통은 무섭지 않습니까?"

사사쿠라는 눈을 휘둥그레 떴다.

"뭐라고 해야 할지, 넌 정말로 '평범'하구나."

"죄송합니다."

개성 없다는 소리를 들은 것 같은 기분이 들어서 어깨를 늘어뜨리자, 사사쿠라는 고개를 옆을 내저었다.

"그건 아마도 미덕일 거야."

그렇게 말하며 컵에 남은 마지막 커피를 들이켜더니, 사사쿠라는 마침내 자리에서 일어섰다.

"커피, 맛있었어. 또 마음이 내키면 들를게."

"언제든지 기다리고 있겠습니다."

떠나가는 남자의 뒷모습은 등이 곧게 뻗어 멋진 자세였다.

분명 그것이 아버지의 등이리라 생각하며, 아츠시는 살짝 동경을 품었다.

◇

"여어, 그럭저럭 사건은 해결된 거 같네?"

사사쿠라가 돌아가고 잠시 시간이 지나자, 쇼타로가 가게에 얼굴을 내밀었다.

"쇼타로 씨, 지금까지 뭘 하고 있었던 겁니까……?"

아츠시가 어이없다는 표정을 짓자, 쇼타로는 어깨를 으쓱였다.

"그, 뭐지? 예전부터 귀여운 애에게는 여행을 보내라고 하잖아."

"쇼타로 씨에게 귀여운 애라는 말을 들어도 기분이 나쁠 뿐인데요."

아츠시가 진지한 표정으로 대꾸하자, 쇼타로는 어쩔 수 없다는 듯이 어깨를 으쓱였다.

"뭐, 이로써 넌 앨리스의 '비밀스러운 얼굴'이라는 걸 알게 되었어. ⋯⋯어때? 그래도 넌 지금까지와 마찬가지로 앨리스를 대할 수 있겠어?"

"당연하잖아요. 앨리스가 가게에 오지 않게 되면, 이 가게는 망할 겁니다."

사사쿠라는 또 오겠다고 말하기는 했지만, 단골손님이라고 부를 만한 손님은 아직 앨리스 단 한 사람뿐이었다.

──게다가 괜스레 내버려 둘 수 없게 되었어.

마법사인지 뭔지는 모르겠지만, 그녀는 주변에 기댈 사람이 없다.

자신이 어떻게 해줘야만 한다고, 여느 때보다 더 강하게 생각했다.

"그런가, 그런가."

쇼타로는 만족스럽게 고개를 끄덕이고서 이렇게 말했다.

"그럼, 앨리스는 네게 맡길게."

"⋯⋯네?"

그것은 자신의 귀를 의심한 것이 아니라, 왜 이 사람은 이렇게 거들먹거리는 소리를 하는지 의아해하는 "네?"였다.

아츠시의 차가운 시선을 아랑곳하지 않고서, 쇼타로는 아츠시의 어깨를 퍽퍽 두드렸다.

"앨리스에게는 힘이 있어. '비밀스러운 일'을 의뢰하는 놈은 또 오겠지. 이 애가 받아들일 생각이 없어도 말이야. 하지만 그것을 자기 혼자서 해결하기엔 앨리스는 아직 너무 어려. 그러니 곁에 있어줄 누군가가 없나 찾았던 거지."

아츠시는 목울대를 꿀꺽 울렸다.

모든 것이 해결된 것 같은 기분이 들었는데, 그 느낌은 착각이었다.

이 일은 시작에 불과하다.

사사쿠라 같은 사람은 또 찾아오리라. 앨리스가 마법사인 이상, 그것은 필연이다.

그 사실을 뼈저리게 깨달았다.

그러나 이해가 가지 않았다.

"……그걸 안다면, 왜 쇼타로 씨는 도와주지 않는 겁니까?"

"아니 그게, 보호자라고 해서 항상 철썩 들러붙으면 기분 나쁘잖아? 파트너란 건 밖에서 제대로 찾아야 마땅하다고."

"파트너라니……. 아니, 보호자요?"

앨리스에게 눈길을 보내자, 침통하게 고개를 끄덕였다. 표정은 바뀌지 않았는데 무섭도록 받아들일 수 없다는 의지가 전해졌다.

"본의는 아니지만, 서류상 그렇게 되어 있어요."

"말도 안 돼……."

초등학생의 보호자로서 이렇게나 부적절한 어른은 본 적이 없다.

그런 반응을 보고 쇼타로는 어째서인지 기분이 좋아진 양 이렇게 말을 이었다.

"또 말하자면, 난 앨리스의 스승이기도 해."

"……네?"

아츠시가 귀를 의심하자, 앨리스가 배겨낼 수 없었던지 얼굴을 가렸다.

"어, 설마……."

"……죄송해요. 사실이에요."

굴욕과 슬픔이 뒤섞인 목소리였다. 과연 현재의 앨리스는 평소 같은 무표정을 유지하고 있을까?

정신이 들었을 때는, 아츠시는 앨리스의 어깨를 끌어안고 있었다. 어쨌거나 무언가 위로해주고 싶었다.

그런데 이 몹쓸 어른은 주눅 드는 기색도 없이 말했다.

"뭐, 그렇게 되었어. 부탁할게, 아츠시."

"아니, 그건 상관없지만……이 아니지! 뭘 무책임한 소리를 하는 겁니까? 보호자라면 제대로 앨리스를 생각해보시라고요."

"내가 애 보기를 할 수 있을 것처럼 보여?"

"그렇게 안 보이니까, 노력하라는 겁니다!"

우리 **커피점**에는

작은 마법사가

들어앉아 있다

the small wizard is
freeloading at
my coffee shop.

아츠시가 머리를 싸쥐고 있노라니, 어느샌가 앨리스가 바로 옆에 서 있었다.

"아츠시 오빠……."

한없이 불안하게 들리는 목소리였다.

——그런 목소리를 내면 내버려 둘 수는 없잖아…….

결국 아츠시도 어깨를 늘어뜨렸다.

"……뭘 하면 좋을지는 모르겠지만, 알겠습니다. 앨리스가 또 일하게 되면 반드시 도와줄게요."

"오! 너라면 그렇게 말할 줄 알았다니까."

——이 인간이…….

아츠시가 잔뜩 경멸을 담아서 노려보았지만, 쇼타로에게는 전혀 통하지 않았다.

그런 다음 무언가 머뭇거리는 앨리스의 모습을 깨달았다. 시선이 마주치자 앨리스는 쭈뼛쭈뼛 고개를 숙였다.

"……불민하지만, 잘 부탁합니다."

"여자애는 간단히 그런 말을 하면 안 된다니까……."

확실히 이 소녀는 할 말을 고르는데 실수하기 쉬운 모양이었다.

아츠시가 지적하자, 앨리스는 받아들일 수 없다는 양 눈썹을 떨었다.

"……간단히는 아닌데요."

"……?"

"이제 됐어요."

이리하여 아츠시에게 앨리스는 단순한 단골손님에서, 무엇보다도 우선해서 지켜줘야만 하는 비호 대상이 되었다.

the small wizard is
freeloading at
my coffee shop.

제2장

흑요견의 소녀

어두운 밤길을, 소녀는 쫓기고 있었다.

장마의 습기와는 관계없이 눅눅하고 꺼림칙한 시선을 느꼈다.

그것이 무엇인지는 모른다.

거친 숨결. 땅을 박차는 발톱의 소리. 그리고 참으로 형용하기 어려운 짐승 같은 누린내. 도저히 뒤에서 쫓아오는 그것이 인간이라고는 여길 수 없었다.

──왜 일이 이렇게 된 거지…….

이변을 느끼기 시작한 시기는 반년쯤 전이었다. 하굣길의 우연한 순간에, 누군가가 바라보는 것 같은 감각에 빠졌다.

진득한 시선.

그래도 자신을 보고 있을 법한 사람은 찾아내지 못한 채, 기분 탓이리라고 여겼다.

하지만 점차로 밖뿐만이 아니라 학교나 집 안에서도 그 시선을 느끼게 되었고, 동시에 이상한 일이 일어나기 시작했다.

바람도 안 부는데 물건이 떨어지거나, 심할 때는 몸이 떠밀리기도 했다. 한 번은 역에서 전철을 기다릴 때 떠밀려서 노선으로 떨어질 뻔했다.

그리고 마침내 그것은 숨기를 그만두고 소녀를 덮쳐왔다.

──따라잡히면, 날 죽일 거야!

빛도 없는 어둠 속을 필사적으로 달려갔다.

언제부터 계속 달렸는지는 생각나지 않았다. 팔다리의 감각은 이미 사라지고, 호흡할 때마다 목이 타들어가는 것 같았다.

그런데 쫓아오는 무언가는, 목덜미에 숨이 닿을 만큼 따라붙었다.

──이제, 숨이⋯⋯.

눈앞이 가물거리고 일그러져서 다리가 엉키고 말았다.

그러자 그 상황에서 불현듯 목소리가 들렸다.

"──저기, 괜찮아?"

시야가 열렸다.

눈부신 빛에 눈을 가늘게 뜨자, 눈앞에 누군가가 서 있다는 사실을 알았다.

이윽고 그 사람이 멀쑥하게 키가 큰 청년이라는 사실을 깨달았다. 눈부시다고 생각했던 빛은 단순한 가로등인 모양이었다.

"설 수 있겠어?"

청년이 그렇게 묻자, 소녀는 자신이 쓰러져 있다는 사실을 깨달았다.

등줄기까지 덮쳐왔던, 그 꺼림칙한 무언가는 그림자도 형태도 보이지 않았다. 심장은 지금도 벌렁벌렁 뛰고 온몸이 땀으로 흠뻑 젖었다.

그러나 전력 질주 직후라 할 만큼 숨이 차지 않았다.

"어, 얼레……?"

쫓기는 중에 정신을 잃은 것일까?

그렇지 않으면——.

당황하면서 소녀는 몸을 일으켰다.

차가운 아스팔트 위에 쓰러진 탓인지, 몸 여기저기가 삐걱거렸지만 그게 다였다. 다친 곳도 없거니와 의복이 찢어진 부분도 없었다.

"꿈……?"

그 눈에 보이지 않는 '무언가'에게 따라잡히면 죽게 되리라고 생각했다. 그런데 자신은 상처도 없이 여기에 있다.

청년은 고개를 갸웃거리면서도 소녀에게 손을 내밀어 일으켜 주었다.

"정말로 괜찮은 거야? 구급차를 부를까?"

청년의 말을 듣고 주위를 둘러보니, 그곳은 소녀의 집 근처라는 사실을 깨달았다.

소녀는 고개를 옆으로 내저었다.

"괜찮아요. 집은 바로 요 앞이니까요."

그렇다고 해도, 돌아가 봤자 아무도 없지만…….

누가 함께 있어주면 좋겠다고 생각했지만, 지나가던 청년에게 집으로 와달라고 할 만큼의 대담함은 소녀에게 없었다. 그래서 그렇게 대답할 수밖에 없었다.

"그래. 그럼 어두우니까 조심해."

청년은 걱정스러운 표정을 지으면서도 그런 말을 남기고 떠나가려고 했다.

"……아."

불러 세울 마음은 없었다.

그래도 무심코 매달리는 목소리가 새어 나와버렸다.

청년이 뒤를 돌아보았다.

"아, 아니요, 아무것도 아니에요!"

소녀가 엉겁결에 그렇게 대답하자, 청년은 살짝 곤란한 표정을 지으며 머리를 긁적였다.

그런 다음, 어쩔 수 없다는 듯이 방향을 돌렸다.

"아아, 그러니까, 그렇지……. 실은 혼자서 산책하던 중이라 한가했어. 괜찮다면 잠시 함께 걸을래?"

아무래도 집까지 바래다줄까 하고 묻는 모양인데, 이 얼마나 말주변이 서투를까.

소녀는 저도 모르게 웃음을 터뜨릴 뻔하면서 고개를 끄덕였다.

"죄송합니다. 부탁해요."

"아니, 네가 나랑 동행해주는 거니까."

그렇게 말하며 청년은 소녀에게 발을 맞춰주었다. 집은 바로 앞이라서 함께 걸은 시간은 그리 길지 않았지만.

"그럼 난 이만."

소녀는 현관까지 바래다준 청년에게 고개를 숙였다.

"저, 저는 히미코라고 해요. 신도 히미코예요. 고맙습니다. ……저기, 오빠는 대학생이신가요?"

"아니. 공교롭게도 재수생이야."

그렇게 말하며 청년은 곤란하다는 양 마주 웃었다.

"난 쿠조야. 쿠조 아츠시."

느낌이 좋은 사람이라고 생각했다.

그러나 나이 차이도 나고, 같은 학교에 다니지도 않는다. 그러니 더 이상 만날 기회는 없으리라.

그렇게 생각했는데 소녀는 또 청년과 재회하게 되었다.

◇

커피점 '로코'.

오늘도 조용한 가게 안에는 켈트 풍 음악이 흐르고, 격자가 끼워진 창 너머를 가끔 통행인이 지나갈 뿐이라서, 시간이 멈춘 것 같은 착각을 품게 된다. 지붕에서 드리워진 간판 한 장이 바람에 흔들려 큰 시계의 추 같았다.

창 너머를 지나간 통행인은 회사원답게 신사복 차림을 한 중년 둘과 캐주얼 차림을 한 젊은이가 세 명. 아침부터 세어서 겨우 다섯 명이었다.

――아, 여섯 명째다.

지금 붉은 머리카락의 여고생이 지나가려고 했다. 슬슬 고등학교도 수업이 끝날 시간이리라.

――어럽쇼, 우리 모교에 다니는 애네.

아츠시가 졸업한 고등학교 교복이다. 면식은 없지만, 아츠시의 후배에 해당한다. ……그렇다고 해서 손님이 되어줄 리는 없겠지만.

여고생은 물론 '로코'에 눈길도 주지 않고서 지나갔다.

그리고 변화 없는 고요함이 돌아왔다.

――하다못해 BGM 정도는 변화가 필요해…….

가게 안에 흐르는 음악도 날마다 몇 번이고 계속 들으면 질린다. 다음번에 북쪽 악기점 거리에서――남쪽 고서점 거리에도 잔뜩 있지만―― 새 CD라고 찾아볼까 하고 생각했다.

커피 컵을 닦으면서 아츠시는 멍하니 중일거렸다.

"오늘은 앨리스가 안 오네요."

그 중얼거림을 듣고 카운터석에서 신문을 펼치던 청년이 영혼 없는 목소리로 답했다. '로코'의 점장, 쇼타로다.

"그 앤 오늘은 시험을 치르는 모양이니까. 역시 학교에 갔다고."

신문에서 고개를 들더니 또 주머니에서 회중시계를 꺼내 들고 태엽을 감기 시작했다.

아무래도 태엽을 감을 시간인 모양이다. 이 몹쓸 어른치고는 놀랄 만큼 충실해서, 잘도 매일 이어진다고 생각했다. 어지간히 소중한 시계이리라.

……단순히 새것을 사기가 귀찮을 뿐일지도 모르지만.

신기하게 그 광경을 바라보면서 아츠시는 또 혼잣말처럼 중얼거렸다.

"하아, 요즘 시대에는 초등학생도 시험을 보는군요."

"앨리스는 그래 봬도 명문 학교에 다니니까. 그 애가 늘 입고 있는 것도 교복이잖아?"

앨리스는 항상 세일러복 타입의 교복을 몸에 걸친다. 그래서 처음엔 아츠시도 조그마한 중학생인가 생각했을 지경이다.

"그런 명문 학교를, 그렇게 땡땡이쳐도 괜찮습니까?"

"글쎄? 본인 말로는 성적이 좋으니까 허용된다는 거 같더라."

"아아, 항상 뭔가 두꺼운 책을 읽으니까요."

책을 읽는 것이 머리가 좋다는 것과 직결되지는 않는다.

그러나 그만큼 두꺼운 책을 읽고서 이해하려면 그에 걸맞은 지식이 필요하다. 더군다나 그녀가 읽는 책은 서양 책일 경우도 많다. 서양 책의 대부분은 마법에 관한 책이라고 하니 더더욱 난해하리라.

그만한 지식이 있으면, 분명 명문 학교라고는 해도 초등학생 수준의 과제는 문제없이 수행할 수 있으리라.

그런 이야기를 하고 있노라니, 쇼타로가 입가에 웃음을 띠웠다.

"이거 보게? 뭐야, 뭐야, 앨리스가 신경 쓰여서 어쩔 줄 모르겠다는 느낌인데?"

"하아, 그렇다고 해야 할지……."

아츠시는 나무로 만든 가구가 늘어진 가게 안을 빙그르 둘러보았다.

"이 가게는 앨리스까지 안 오게 되면 정말로 아무도 안 오는구나 싶어서요……."

이미 정오가 지나간 오후 두 시인데, 지금까지 단 한 사람의 손님도 없었다.

이제 쇼타로라도 괜찮으니까 대화 상대로 삼고 싶어질 만큼 한가했다. 아츠시가 투덜거리고 싶어지는 것도 무리는 아니리라.

쇼타로가 글러 먹었다는 식으로 고개를 내저었다.

"커억, 아츠시. 지금부터 돈만 밝히면 제대로 된 어른이 못 된다고?"

"쇼타로 씨는 조금쯤 매상에 대해서 고민하세요."

오히려 돈에 대해서 생각하지 않으니 이런 몹쓸 어른이 있는 것이다.

아츠시가 차갑게 말하자, 창 너머를 일곱 번째 통행인이 지나가려고 했다.

……아니, 틀렸다. 여섯 명째다.

——어럽쇼? 저 애, 아까 지나간 애네.

아츠시의 모교 학생이다.

그 선명하고 강렬한 붉은 머리카락은 잘못 본 것이 아니리라. 길을 헤매고 있는지, 두리번거리면서 왔다 갔다 하기를 반복했다.

아츠시가 갑자기 입을 다물자, 쇼타로도 신문에서 고개를 들었다.

"엉? 뭐 재미있는 일이라도 있어?"

"아니요, 창 너머에서 어슬렁거리는 애가 있어서요."

"길을 잃었나?"

분명, 여기는 큰길을 벗어난 샛길 안쪽에 있다. 무심코 들어오게 되면 방향을 잃을 수도 있으리라.

길 정도는 가르쳐줘야겠지만, 그 김에 커피 한 잔쯤은 마셔주지 않을까? 이대로 가면 정말로 오늘 손님은 제로라는 비참한 결과가 찾아오게 되리라.

구원을 바라듯이 소녀를 바라보다가 아츠시는 문득 깨달았다.

——어럽쇼? 어쩐지 본 적 있는 얼굴인데…….

일단 아츠시의 모교 학생이다. 어딘가에서 스쳐 지나갔어도 이상하지는 않겠지만, 그런 것이 아니라 최근 봤다는 기분이 들었다.

그것이 누구인지 순간적으로 떠오르지 않아서 머리를 쥐어 짜낼 때였다.

"어——."

창 너머에서 흔들리던 간판이 불현듯 고리에서 벗어났다.

"위험해!"
가게 안에서 그런 소리를 질러도 닿을 리는 없다.
아츠시가 소리쳤을 때는, 간판이 길을 가는 소녀의 바로 위로 떨어졌다.

◇

"큰일이다!"
"이거 봐……."
아츠시는 황급히 카운터에서 뛰쳐나갔다. 쇼타로 역시 신문을 내던지고 그 뒤를 따랐다.
조청빛 문을 열자, 소녀는 엎드려서 쓰러져 있었다. 예쁜 학생 가방까지 내던져졌다.
"괘, 괜찮으십니까?"
아츠시가 일으켜 세워주려고 하자, 쇼타로가 그 행동을 막았다.
"머리를 부딪쳤으면 섣부르게 움직이지 않는 편이 좋을 텐데?"
"……맞는 말이네요."
의외로 냉정한 지적을 듣자, 아츠시도 손을 멈췄다. 보아하니 피가 나지 않는 모양이었지만, 과연 무사할까?
말을 걸자, 소녀는 신음하면서 눈을 떴다.

"괜찮습니까? 머리를 부딪힌 거 같으니까, 갑자기 움직이지 않는 편이 좋아요."

"머리……? 절, 뭔가가, 덮쳐서……."

아마도 기억이 혼란스러운 것이리라. 소녀는 겁먹은 듯이 주위를 둘러보았다.

아츠시는 지면에 구르던 간판을 가리켰다.

"이 간판이 떨어졌어요. 우리 가게 간판인데, 정말로 죄송……. 얼레?"

그런 대화를 하다가 아츠시는 마침내 떠올렸다. 며칠 전에도 비슷한 대화를 나누었던 것이다.

"너는, 신도 양……이랬던가?"

신도 히미코라고 했던가.

요전 날, 길가에서 쓰러져 있던 그녀를 발견해 집까지 바래다 주었다.

"얼레, 요전번에 봤던 오빠?"

상대방도 아츠시의 얼굴을 알아본 모양인지 배시시 웃었다.

"에헤헤, 또 오빠에게 도움을 받았네요."

다만 그 웃는 얼굴을 보고 떠오른 것은 '거짓 웃음'이라는 단어였다.

"난 쿠조야. 일단, 이름을 댔을 텐데?"

"네, 쿠조 오빠."

어쩐지 생뚱맞은 아이였다.

쇼타로가 의아한 표정을 지었다.

"뭐야, 아는 사이냐?"

"네, 뭐……."

정말로 그저 아는 사이 말고 그 무엇도 아니지만.

그렇지만 쇼타로는 이해한 듯이 고개를 끄덕였다.

"그러고 보니 그 교복은 아츠시와 같은 학교인가."

"……잘도 기억하시네요."

쇼타로에게는 면접 때 이력서를 제출했다. 당연히 아츠시의 졸업 학교도 기재되어 있었지만, 그가 그런 내용을 기억할 줄은 몰랐다.

아츠시가 내심 의외라는 표정을 짓자, 쇼타로는 떨떠름한 표정을 띠웠다.

"너, 날 뭘로 보는 거냐? 그야 종업원의 이력쯤은 기억한다고."

──그런 근면함을 영업으로 돌리겠다는 생각은 안 하시나요…….

감탄한 것 같기도 하고 어이없는 것 같기도 한 미묘한 시선을 보내고 있노라니, 히미코가 놀란 목소리를 냈다.

"얼레? 오빠, 히미코랑 같은 학교였어요?"

"작년도 졸업생이야. 넌…… 2학년인가?"

아츠시는 넥타이 색을 보고서 말했다.

그 말인즉, 아츠시가 3학년일 때 1학년이었다.

히미코는 또 배시시 웃었다.

"에헤헤, 오빠는 선배였군요."

"그보다 다친 덴 괜찮아? 그다지 안 움직이는 게 좋아."

"아아, 늘 있는 일이라서 괜찮아요."

히미코는 그렇게 말하더니 아무렇지 않다는 듯이 일어섰다.

"오늘 건 비교적 가벼워서 그다지 안 아프니까요."

"늘 있는 일이라니……."

바람에 날려간 간판이 명중했는데 '곧잘 있는 일'이라니 평범하지 않은 것 같은데…….

그렇게 생각하며 아츠시는 이상한 점을 깨달았다.

"……바람은, 안 불었죠?"

오늘은 공교롭게도 하늘이 흐렸지만 바람은 없었다. 바람이라도 분다면 이 끈적끈적한 장마의 습기도 조금쯤은 가실 텐데.

쇼타로도 양손으로 간판을 주워들고서 눈살을 찌푸렸다.

"이쪽도 살짝 흔들린 정도로 부서질 만한 구조가 아닌 거 같은데."

간판의 구조 자체는 고리에 나무판을 거는 단순한 형태였지만, 그런 만큼 고리가 부러지기라도 하지 않는 한은 좀처럼 빠지지 않는다는 사실을 안다.

당연히 고리가 부러진 기색도 없었다.

아츠시와 얼굴을 마주 보더니 쇼타로는 어쩔 수 없다는 양 말했다.

"뭐, 어쨌거나 아가씨에게 얼음이라도 내줘. 이런 거에 부딪혔으니 식히는 편이 좋겠지."

그렇게 말하고서 쇼타로는 벽에 간판을 세워두고 가게로 돌아갔다. 간판을 고치기 위해서 사다리라도 가지러 갔으리라.

——저 사람은 의외로 이럴 때 동요하지 않는구나.

드물게 일하는 점장은 예상 밖으로 믿음직했다.

하면 된다면 평소에 야무지게 굴어주었으면 좋겠는데, 지금 해야 할 일은 이 소녀의 치료이다.

"어쨌거나 안으로 들어와."

히미코에게 가방을 주워주며 가게 안으로 안내했다.

아츠시는 히미코를 카운터석에 앉힌 다음 얼음을 수건으로 감싸서 내주었다. 학생 가방은 옆자리에 놓아두었다.

유난스러워요, 하고 웃으면서 히미코는 얼음을 뒤통수에 가져다 댔다.

"정말로 괜찮아?"

"아까도 말했지만, 곧잘 있는 일이니 괜찮아요."

——그러니까 걱정하는 건데…….

요전 날에 봤을 때도 상당히 불안해 보였다.

그때는 밤이라서 그렇기도 했겠지만, 뭐라고 해야 할지 지금 그 태도는 오기를 부리는 것처럼 보였다.

물론 거의 초면인 남자에게 모든 것을 밝힐 만한 경솔한 아이는 아니겠지만, 이대로 "그럼 안녕" 하고 돌려보내도 좋을지 망설여졌다.

그런 생각을 하면서 아츠시는 자연스럽게 커피를 준비했다.

가열된 사이펀 안에서 뜨거운 물과 커피콩이 뒤섞여 가슴이 후련해지는 향이 났다.

"마셔."

"얼레? 히미코가 커피 같은 걸 주문했던가요?"

"아니, 우리 간판에 부딪혔으니, 일단 사과의 뜻으로 어떨까 해서. 물론, 서비스니까 돈을 필요 없어."

"괜찮나요? 에헤헤, 그럼 잘 마시겠습니다."

히미코는 설탕 하나와 우유를 넣더니 컵을 입에 댔다.

그 입술에서 한숨이 후우 새어 나왔다.

"후와, 어쩐지 순하다고 해야 할지 향기롭다고 해야 할지, 보통 커피와는 무언가가 다르네요, 선배!"

"아니, 무리해서 다르다고 안 해도 되니까."

앨리스라면 모를까, 평범한 젊은이는 단 한 모금으로 맛의 차이를 모르리라.

히미코는 쓰게 웃었다.

"아하하, 다 들켰네요."

"뭐, 맛있게 마셨다면 다행이야."

아츠시는 이야기하면서 자연스럽게 히미코의 머리카락으로 눈길을 주고 말았다. 좌우 둘로 묶은 붉은 머리카락이었다.

——예쁜 머리카락이네…….

아츠시의 시선을 깨달았는지, 히미코는 앞머리를 들어 올렸다.

"아하하, 역시 이 머리카락은 안 어울리겠죠."

"……? 잘 어울리고 뭐고 천연이잖아, 그거?"

"흐엑?"

히미코의 머리카락은 머리카락이 난 언저리부터 붉은색이었다. 염색하지는 않았으리라.

——아아, 혹시 신경 썼던 걸까?

머리카락 색 하나라 해도 다른 사람과 다르면 고생하게 되는지도 모른다.

그래서 아츠시는 기운을 북돋아주려고 웃었다.

"난 예쁜 머리카락이라고 생각해."

"……하으."

히미코는 머리카락의 색과 막상막하로 얼굴을 새빨갛게 물들였다.

그런 다음, 무언가 허둥대는 기색으로 손을 파닥파닥 흔들었다.

"이, 이 머리카락은, 돌아가신 할아버지가 외국인이어서, 그게 유전되었다는 그런 느낌인가 봐요! 그래서 히미코도 여름방학에 할아버지 댁에 찾아가기도 했는데, 상당히 잘 대해주셨다고 해야 할지!"

"그, 그렇구나. 할아버지는 어디 사셨는데?"

"영국이에요! 밥은 별로였지만, 신기한 장난감을 잔뜩 가지고 있고 다정한 분이셨어요!"

그 조부의 요리 실력이 서투른 것인지 영국 요리가 맛없는 것인지 모르겠지만, 아츠시는 애매하게 마주 웃었다.

——할아버지가 영국인이라면, 쿼터인가?

아무래도 머리카락을 언급하자 놀라서 어찌할 바를 모르는 모양이었다.

아츠시가 쓴웃음을 짓노라니 히미코도 제정신을 차린 모양이었다. 양손으로 커피 컵을 감싸며 후루룩 마셨다.

"……어쩐지, 죄송해요."

"아니, 재미있는 이야기였어."

그런 다음, 창 너머로 눈길을 향했다.

"그러고 보니, 가게 앞을 어슬렁거리던 거 같던데 뭐 찾는 거라도 있어?"

"아, 아니요, 길을 헤매서……."

"뭐, 그럴 거 같더라. 여기를 나가서 왼쪽으로 향하면 큰길이 보일 거야. 도로를 더 왼쪽으로 향하면 역이 보일 거고, 오른쪽으로 가면……."

아츠시는 간단하게 길을 설명했다. 히미코도 도로까지 돌아가면 그 뒤는 스스로 돌아갈 수 있을 것 같다고 말했다.

그때였다.

어째서인지 오싹하고 등줄기에 한기가 퍼졌다.

——뭐지?

주위를 둘러보자 창 너머에 검은 안개 같은 것이 끼어 있었다.

그것은 가게로 들어오려고 하려는지 창에 다가왔다. 그러나 무언가에 튕기다시피 흩어졌다.

몇 번인가 그런 짓을 반복한 뒤, 그것은 녹아들듯이 사라졌다.

동시에 오한도 사라졌다.

──지금 그건 뭐였지……?

자신에게만 보였을까?

아츠시는 히미코에게 눈길을 돌리고 숨을 삼켰다. 소녀의 얼굴은 새파래져서 컵을 움켜쥔 손이 잘게 떨리고 있었기 때문이었다.

"신도 양, 지금 그거……"

"──앗! 그리고 보니 히미코는 심부름하던 중이었어요! 커피 잘 마셨습니다!"

그렇게 말하기가 무섭게 히미코는 가게를 뛰어나가 버렸다.

그 행동을 통해 아츠시도 확신했다.

──무언가가 저 애를 노리나?

정체는 모르겠지만, 그녀는 아츠시 일행을 말려들게 하지 않으려고 저런 기운찬 모습을 가장한 것이었다.

아츠시는 곧바로 히미코를 쫓아갔지만, 그러기 위해서는 카운터에서 나가야만 한다.

한 걸음 늦어버려서 가게 문을 열었을 때는 붉은 머리카락을 가진 소녀의 모습은 이미 보이지 않았다.

──아니, 큰길로 향하겠다고 말했을 거야.

아츠시가 큰길을 향해 달리자 그 상황에서 생각지 못한 얼굴과 맞닥뜨렸다.

"앨리스?"

학교에서 돌아오던 길이었을까? 털퍼덕 엉덩방아를 찧으며
주저앉아 있었다.

금세 주위의 통행인들도 모여들었다.

"어, 어떻게 된 거야?"

"다른 사람과 좀 부딪쳐서……."

보아하니 다치지는 않은 모양이었다. 앨리스는 엉덩이를 아프
다는 듯이 문지르기는 했지만 스스로 일어섰다.

그러자 통행인 중 한 사람이 말을 걸었다. 신사복 차림을 한
중년 회사원이었다.

"너, 그 아이를 알아? 화려한 머리카락을 가진 여고생쯤 되는
아이가 부딪쳤는데 멈출 새도 없이 도망쳐버렸다니까. 정말로
요즘 젊은 애들은……."

"아니요, 사과는 제대로 해줬어요."

모르는 상대라서 그런지, 앨리스는 아츠시의 뒤에 숨으면서
평소보다 훨씬 쭈뼛쭈뼛한 말투로 말했다.

"그 화려한 머리카락을 한 고등학생이 어디로 갔는지 아십
니까?"

"저쪽으로 간 거 같은데……."

회사원이 가리킨 곳은 고서점 거리 방면이었지만, 이 시간대는 이 거리에도 사람의 통행이 늘어난다. 머리카락을 물들인 젊은이도 적지 않아서, 붐비는 와중에서 그 소녀를 찾아내기는 어려울 것 같았다.

아츠시는 신음했다.

——내버려 둘 수는 없어.

히미코는 정체를 알 수 없는 무언가에 쫓기고 있다. 내버려 두면 목숨이 위태롭다. 그런 기분이 들고 말았다.

만난 지 얼마 안 되는 소녀이기는 하지만, 목숨의 위험이 닥쳐온다는 사실을 아는데 무시할 만큼 아츠시는 냉혹한 사람이 아니었다.

그러고 있노라니 앨리스가 아츠시의 옷자락을 꼬옥 움켜쥐었다.

"아츠시 오빠. 지금 그 사람과 아는 사이인가요?"

"정말로 아는 사이일 뿐이지만."

아츠시가 그렇게 답하자, 앨리스는 굳은 표정으로 아츠시를 올려다보았다.

"지금 그 사람, 쫓아가도 내버려 둬도 위험할 거 같아요."

소녀의 작은 눈동자는 아츠시에게는 보이지 않는 무언가를 목격한 것이었다.

"어쨌거나, 일단 커피를 마시자."

오늘 앨리스가 앉은 곳은 평소의 창가 자리가 아니라 카운터 석이었다.

느긋하게 편안히 앉아 있을 상황이 아니었으리라. 조금 전까지 히미코가 앉아 있었던 자리에, 그녀의 학생 가방이 놓인 상태였다.

커피를 내놓으면서 아츠시는 다시금 물었다.

"지금 그 애——신도 양이라고 하는데, 앨리스는 뭔가 봤어?"

아츠시에게는 보이지 않았다. 그저 '정체를 알 수 없는 무언가가 있다'라는 사실이 오한으로써 전해졌을 뿐이다.

앨리스는 노골적으로 겁먹은 표정을 지었다.

"새까맣고 커다란 개가, 그 사람을 쫓아갔어요."

"개……?"

어떤 무서운 괴물의 이름을 입에 올릴까 생각했더니, 의외로 제대로 된 답을 듣자 허탕을 친 기분이었다.

앨리스는 끄덕 고개를 주억이고서 말했다.

"아마도, 흑요견(黑妖犬)인 거 같아요. 정령의 일종인데, 평범한 사람에게는 보이지 않을 거예요. 저도 일본에서는 처음 봤어요."

이렇게 말한다는 것은, 어딘가의 다른 나라——아마도 앨리스 어머니의 고향 부근——에서 본 적이 있다는 뜻이리라.

——정령이라니…… 그런 게 정말로 있나?

그 꺼림칙함은 악마라고 하는 편이 어지간히 이해갈 만한 느낌이었는데.

아츠시가 무의식중에 의아한 표정을 지었지만, 앨리스는 개의치 않고 말을 이었다.

"원래는 영국 정령인데 흑요견, 블랙 독, 헬하운드, 묘지기 그림 등 다양한 호칭이 있어요."

"아, 혹시 영화『홀리 패터의 모험』에도 나오는 녀석이야?"

영국 판타지 소설을 원작으로 한 영화다. 홀리라는 불쌍한 소녀가 마법사 학교에 들어가, 그 마법 학교에서 보내는 7년간을 그린 작품이다. 그 세 번째 작품쯤에서 검은 개의 괴물이 나왔다.

앨리스는 애매하게 고개를 끄덕였다.

"그 바탕이 된 전승이라고 생각하시면 돼요."

"위험한 거야?"

물을 필요도 없다고 생각했지만 무심코 되묻고 말았다.

"……네. 본 사람을 죽음에 이르게 한다고 전해지는데, 화나면 굉장히 사납고 힘도 강하다나 봐요. 무엇보다 한 번 노린 상대는 어디까지고 쫓아와요."

그 말인즉, 도망칠 수 없다.

그것이 정령인 까닭이리라.

"섣부르게 쫓아가면 아츠시 오빠가 공격당할지도 몰라요. 물론 그 사람이 위험하다는 사실도 변하지 않겠지만요."

그래서 앨리스는 쫓아가도 내버려 둬도 위험하다고 말한 것이리라.

분명 아츠시의 장점은 그저 조금 악력이 강하다는 점뿐이다. 그런 생물조차 아닌 맹수가 덮치면 살아남는다는 보증이 없다.

그러나 그렇다 해도 이해가 가지 않는 점이 있었다.

"그런 게 실제로 사람을 습격하는 경우는 있는 일이야?"

"중세 유럽이라면 모를까, 현대에서는 일단 있을 수 없는 일 같아요."

일본이라면 유령이나 요괴가 나온다는 말을 듣는 편이 그나마 받아들일 수 있을 것 같은 기분이 들었다.

——아니, 잠깐만?

아츠시는 히미코와 나눈 대화를 다시 떠올렸다.

"그 애, 할아버지가 영국에 살아서 그쪽에 갈 기회가 있었던 것처럼 말했어. 거기에서 흑요견에게 쓰이는 일이 있지 않을까?"

"정말인가요?"

"그래. 다만 그 할아버지는 이미 돌아가신 모양이지만."

그렇게 말하자 앨리스는 표정이 험해졌다.

"그렇다면, 역시……."

"뭔가 알아냈어?"

심각한 표정으로 앨리스는 고개를 끄덕였다.

"흑요견은 사납다고 알려졌지만, 본래 그렇게까지 거친 정령도 아니에요. 오히려 수호신 같은 측면도 있어요, 그게 사람을 습격한다는 건……."

"……습격한다는 건?"

아츠시가 뒷이야기를 재촉하자, 말하기 어렵다는 듯이 앨리스는 입을 열었다.

"누군가가 명확한 의지를 가지고, 흑요견을 덤벼들게 한다——즉, 누군가가 그 사람을 저주한 거 같아요."

"——으."

숨을 삼켰다.

——저주하다니, 신도를?

잠시 이야기한 적이 있을 뿐이지, 그리 친한 사이도 아니었다. 그래도 밝아서 남에게서 원한을 살만한 사람으로 보이지는 않았다.

그러나 금세 요전 날 만났던 사사쿠라를 떠올렸다.

얼핏 보면 그는 인격자였지만, 그의 마음속에는 자신을 향한 증오와 후회가 넘쳐났다.

원한은 어디서 사게 될지 알 수 없고, 남이 무슨 생각을 하는지 따위를 알 바가 아니다.

그 상황에서 어떤 사실을 깨달았다.

——덤벼들게 한다는 건, 평범한 사람이 할 수 있는 일인가?

일면식도 없는 사람의 원통한 일에 너나 할 것 없이 응할 만한 존재가 있다면, 세상은 의심스러운 죽음으로 흘러넘치리라.

그렇다면 그것을 할 수 있는 특별한 사람이 있다는 뜻이 아닐까.

"자, 잠깐만 기다려. 그렇다면 설마……."

그 뒷이야기를 입 밖에 내는 것은 아츠시에게도 용기가 필요했다.

이전에 아츠시는 마법이란 무엇인가, 하고 앨리스에게 물은 적이 있었다.

그때 그녀의 대답은――.

――자연이라든가 정령이라든가 신령님 같은 존재로부터 힘을 나누어 받아서, 아주 조금 섭리를 비트는 방법을 말해요.――

그렇게 대답했다.

그리고 지금 흑요견도 정령이라고 말했다.

여기에 국외의 정령이라고 하는, 보통은 존재하지 않을 것이 히미코를 덮치는 이유가 있다고 친다면…….

그 생각을 내다본 것처럼 앨리스도 좌우 색이 다른 눈동자로 물끄러미 쳐다보았다.

"네. 아츠시 오빠의 상상대로, 흑요견은 마법사에게 힘을 빌려주는 정령 중 하나예요. 그 말인즉――."

목울대를 꿀꺽 울리는 아츠시에게, 앨리스는 무거운 목소리로 이렇게 대답했다.

"흑요견이 그 사람을 노리는 데엔 마법이 관여되어 있을지도 몰라요."

요전 날에 만났던 사사쿠라도 앨리스에게 어떤 인물을 죽이라
며 의뢰해왔다.

결국 그 의뢰는 자신의 목숨과 맞바꿔 사랑하는 딸을 되살려
달라는 내용이었는데, 마법을 이용한 살인 같은 의뢰가 있을 수
없는 것은 아니다.

다만, 하고 앨리스는 말을 이었다.

"마법사가 덤벼들게 한 거라면, 좀 더 무서울 거예요. 그랬다
면 아마 그 사람은 도망칠 수도 없을 거 같아요."

"무슨 소리야?"

앨리스가 말하고자 하는 바를 몰라서, 아츠시는 고개를 갸웃
거릴 수밖에 없었다.

앨리스도 하고 싶은 말을 정리하듯이 고개를 숙이더니, 이윽
고 억양 없는 목소리로 이렇게 말했다.

"그 사람을 저주한 누군가에게는 마법사의 재능 같은 것이 있
는데, 그게 흑요견을 끌어들이고 말았을 가능성이 있어요."

"자각 없는 마법사 같은 것도 있다는 뜻이야?"

"네. ……그것도 아마, 그 사람의, 친족분인 거 같아요."

"──윽, 친족이라니 어떻게 된 거야?"

앨리스는 망설이는 기색으로 입을 열었다.

"그 사람, 예쁜 붉은 머리카락을 가졌어요. 제 눈도 그렇지만

그런 '다른 색'을 가지고 태어난 사람은 마력 같은 걸 가지고 있는 경우가 많아요. 그러니까 그 사람의 친족 중에 비슷한 분이 있어도 이상하지 않을 거예요."

앨리스의 눈동자도 자청색과 녹색으로 좌우 색이 다르다. 그것이 그녀가 가진 마법사의 재능을 드러내는 증거인 모양이다. 실제로 그 마력이라는 힘이 어떤 것인지는 확 와닿지 않았지만.

아츠시는 머릿속을 정리하면서 입을 열었다.

"그러니까, 영감이 강하다든가, 그런 감각이라고 생각하면 될까?"

"아마도 그럴 거예요. 제게는 유령 같은 게 안 보이지만, 그런 사람은 자각 없이 나쁜 영 같은 걸 끌어들이고 만다는 말을 들은 적이 있어요."

과연, 하고 아츠시도 고개를 끄덕였다.

——그나저나 마법사란 영감이 있는 게 아닌가……?

그 점은 어쩐지 유감스럽다는 기분이 들었지만.

"그럼 신도의 친족 중 누군가에게 그런 재능이 있는데, 자각 없이 신도를 노릴지도 모른다는 뜻이야?"

"네, 접점 없는 마법사의 저주라기보다는 그쪽이 가능할 법한 거 같아요."

아츠시는 신음했다.

——그렇다면, 어쩌면 좋을까……?

자신이나 앨리스가 감당할 수 있는 문제가 아닌 것 같은 기분이 들었다.

앨리스는 기억을 더듬듯이 턱에 손을 대고 중얼거렸다.

"흑요견을 쫓아낼 방법은 있을 거 같아요."

"정말로?"

"네. 다만 여기서 도구를 손에 넣을 수 있을지가 문제인데……."

항상 두꺼운 책을 읽는 앨리스는 수많은 지식을 품고 있으리라. 그러나 그것으로 수단이 갖춰졌는지는 별개 문제이다.

"손에 넣기 어려운 거야?"

"……네. 일반 가정이나 가게에 놓아두는 물건은 아니니까요."

"——이거 봐, 뭔가 뒤숭숭한 이야기를 하는구먼."

둘이서 심각한 표정을 짓노라니, 카운터 안쪽에서 쇼타로가 나왔다. 어깨에는 사다리를 짊어지고 있어서 아직 간판 수리를 시작하기 전이라는 사실을 알았다.

그런 다음, 보란 듯이 두리번두리번 가세 안을 둘러보았다.

"오? 아까 전 그 아가씨는 벌써 돌아갔어?"

"돌아갔다고 해야 할지, 그 앤 무언가에 쫓기고 있는 거 같아요. 그래서 도망쳐버렸는데……."

"아아, **흑요견이었지**. 그런 건 보기 드물다고."

아무렇지도 않다는 듯이 되돌아온 그 한마디를 듣고 아츠시와 앨리스는 몸을 굳혔다.

"알고 있었습니까?"

"뭐, 나도 '그쪽'에 관계가 있으니까 보면 알지."

"그럼 대체 왜!"

말투가 거칠어지는 아츠시의 모습을 보고, 쇼타로는 빤히 눈을 가늘게 떴다.

"──왜 대가 없이 도와주지 않느냐고?"

아츠시는 쇼타로가 들이민 말에 곧바로 반론할 수 없었다.

"대가가 있고 없고는 둘째 치고, 도와주려는 생각은 안 했던 겁니까?"

"이거 봐, 그걸 둘째 치면 안 되잖아. 가장 중요한 부분이라고."

"당신은……!"

아츠시가 역시 분노를 실어서 노려보자, 쇼타로는 손가락을 도로 찔렀다.

"착각하지 마, 아츠시. 흑요견이 어떤 정령인지 들었겠지? 그럼 넌 그에 관여되는 게 어떤 건지 이해해야만 해."

"……으, 그건."

대꾸할 수 없었다.

쇼타로는 그 동요를 찌르듯이 말했다.

"맞아. 네가 그런 괴물에 관여하면, 너 자신과 앨리스의 몸이 위험에 노출되는 거야."

그건 틀림없는 사실이었다.

왜냐하면 이미 아츠시는 앨리스에게 기대버렸다. 마법에 관한 일이라면 그녀의 힘을 빌려야 해결할 수는 있기에.

"아까 그 아가씨는 그런 위험부담을 무릅쓰면서까지 도와줘야 만 하는 상대야? 그래서 실패할 경우를 각오하고서 관여하려는 건가?"

"그건……."

곤란해 하는 사람이 있으면 돕고 싶다.

그것은 잘못된 일이 아닐 테지만, 동시에 그럴 능력도 없는데 참견하면 단순히 입에 발린 소리이고 위선일 뿐이다.

히미코가 위험한 꼴을 당한다는 사실을 알고서 돕고 싶다고 바랐지만, 과연 자신은 그러면 앨리스까지 말려든다는 점까지 고려했을까?

쇼타로가 입에 담은 말은 추잡하게 들릴지도 모르지만, 아츠 시가 눈을 돌리려고 한 현실 그 자체였다.

그다지 인정하고 싶지는 않았지만, 이 몹쓸 어른은 사기반족 에 빠진 젊은이에게 충고해준 것이었다.

──그렇다 해도 내버려 둘 수는 없어.

아츠시는 히미코라는 소녀를 알게 되고 말았다.

아무것도 할 수 없을지도 모른다고 해서 아무것도 하지 않아 도 된다고 여길 수는 없다.

아츠시가 갈등하고 있노라니, 앨리스가 작게 고개를 끄덕였다.

"그 말인즉, 일이라면 괜찮겠죠?"

"······어?"

아츠시가 입을 쩍 벌리자, 쇼타로는 입매에 웃음을 띠웠다.

"뭔가 좀 알게 되었잖아. 마법을 쓰려면 무엇을 위해서 쓸지
——자신의 규칙을 명확히 정해. 안 그러면 언젠가 마법을 쓰는
법까지 모르게 될 거야."

"네."

믿을 수 없게도 앨리스는 솔직하게 고개를 끄덕였다.

——그러고 보니 이 사람은 앨리스의 스승이기도 하지.

사제라 느껴지는 모습을 보이는 건, 이번이 처음이었다.

◇

"······하아."

히미코는 무거운 한숨을 흘리며 터덜터덜 귀갓길에 올랐다.

하늘은 이미 해가 저물기 시작해서 심홍으로 물들었다. 두터
운 구름이 얼룩으로 물들어 새빨간 솜사탕 같았다.

왜 이런 시간에 걷고 있느냐 말하자면, 어딘가에 가방을 놓고
와버렸기 때문이다.

학교에서는 가지고 나왔지만 여기저기 도망쳐 다녔다. 어디에
떨어뜨렸는지는 짐작도 가지 않았다. 가방 안에는 교과서뿐만
아니라 지갑이나 휴대전화 등도 들어 있었다. 찾으러 다니는 사
이에 이런 시간이 되고 말았다.

몇 시간이나 계속 걸어 다녔더니 이미 다리가 막대기처럼 뻣뻣해졌다.

그러나 한숨을 쉬는 원인은 가방이 아니었다.

──히미코를 분명 이상한 애라고 생각했겠지…….

낮에 헤매 들어간 커피점이었다.

바리스타 청년은 며칠 전에 히미코가 '무언가'에게 쫓겨서 정신을 잃었을 때, 집까지 데려다준 사람이었다.

더군다나 히미코와 같은 고등학교 졸업생이라고 했다.

두 번이나 같은 상황에서 만나면 운명 같은 것을 믿고 싶어질 만큼 히미코도 소녀였다.

다정했고, 키도 커서 '멋지고 좋은 오빠'라는 형용사가 딱 들어맞는 청년이었다. 거기에 생각도 못 했던 접점까지 있다는 소리를 듣는다면 동경 하나쯤은 품게 되리라.

게다가──.

붉은 머리카락에 손가락을 감았다.

──난 예쁜 머리카락이라고 생각해.──

그런 말을 해준 사람은 처음이었다.

그야 상대방은 서비스업이다. 단순한 빈말이라는 사실은 알지만 그래도 기뻤다.

──히미코라고 불러주지 않으려나…….

마찬가지로 자신도 그를 '아츠시 선배'라고 부를 수 있다면…….

거기까지 생각하다가 갑자기 비약이 너무 심하다며 고개를 내저었다.

그래도 친해지고 싶다고 생각하는 것은 자연스러운 일이었다.

그런데 히미코는 거동이 수상해져서 도망쳐 버렸다. 모처럼 맛있는 커피를 대접해줬는데.

──그치만 선배에게도 그 '무언가'가 보였는걸.

지금까지 주위에 그것이 보이는 사람은 없었다. 학교에서 쫓겼을 때 역시, 아무도 알아채주지 않았다.

그래서 오늘 히미코는 학교에서 도망쳐 나올 수밖에 없었다. 그리고 도망치는 사이에 길을 헤매다 그 커피점에 다다르게 되었다.

그 '무언가'가 다른 사람을 말려들지 않게 할 이유는 떠오르지 않는다.

다음에는 그가 습격당하지는 않을까?

그렇게 생각했더니 자신이 습격당할 때보다도 훨씬 무서워져서 도망쳐버렸다.

생각해보면 그 사람에게 상담했어야 하지 않을까. 지금부터라도 되돌아가서 이야기해야만 할지도 모른다. 그러나 그를 말려들게 함으로써 '무언가'에게 습격당할 가능성 역시 있다.

──역시, 안 되겠어…….

지금 와서는 이미 그 '무언가'는 낮에도 밤에도, 장소를 개의치 않고 쫓아온다.

언제까지 도망칠 수 있을지 자신이 없다.

그래서 자신을 도우려고 해준 누군가까지 습격당한다면, 히미코는 정말로 죽을 수밖에 없게 되고 만다.

히미코의 아버지는 일찍 세상을 떠났고, 어머니는 그만큼 일을 떠안게 되어 집에도 돌아오지 않는 때가 많았다.

어머니 나름대로, 금전 면에서 히미코에게 부담을 주지 않으려는 것이다. 그에 대해서 원망할 마음은 없지만, 이럴 때쯤은 곁에 있어줬으면 좋겠다고 생각한다.

하지만 그 말을 입 밖에 내면 역시 어머니는 신경 쓰고 말리라.

그러니까 아무 말도 꺼낼 수 없었다.

그리하여 터덜터덜 걷고 있노라니, 이윽고 집이 보이기 시작했다.

익숙한 자기 집이 나오자 히미코는 안심되는 기분이 들었다. 집안이라고 해서 안전하지는 않지만, 방에서 모포를 뒤집어쓰고 있으면 조금은 불안도 가시리라.

지친 다리의 속도를 올려서 갈 길을 서두르자, 불현듯 뒤에서 진득한 시선을 느꼈다.

오싹 오한이 퍼졌다.

——또, 그 '무언가'?

반사적으로 뒤를 돌아보자——거기에 있던 이는 단순한 사람이었다.

지금 느낀 불쾌한 감각은 '무언가'와 무척 닮았는데…….

"어머, 히미코. 자주 보는구나. 엄마는 잘 지내시니?"

"타카미 이모……."

히미코는 고개를 꾸벅 숙였다.

파마를 한 갈색 머리카락. 두꺼운 화장에 피부 탄력이 떨어진 뺨. 강한 향수 냄새가 코를 찌르자 저도 모르게 얼굴을 찡그릴 것 같았다.

어머니의 자매인 타카미였다.

히미코의 어머니와는 사이가 좋은 모양인지 곧잘 집에도 찾아오지만, 히미코는 이 이모가 불편했다.

타카미는 히미코의 머리 정수리부터 발끝까지 흘낏 보았다. 몇 번인가 넘어진 탓에 치마가 더러워졌고 무릎에서는 피가 나왔다.

"이런 시간까지 놀았던 거니? 여전히 히미코는 고민이 없어 보여서 부럽구나."

"……네."

곁에서 보면 그저 잡담하는 것처럼 보일지도 모르지만, 정중한 말 뒤쪽에서 심보가 고약해 보이는 악의를 느낀다.

아무래도 이 이모의 눈에는 히미코의 모습이 진흙투성이가 될 때까지 놀다 온 유쾌한 어린애로 비치는 모양이다. 멋지고 평화로운 인식 능력이다.

고민이 없어 보이는 것은 대체 어느 쪽이냐고 악담하고 싶어졌지만, 히미코는 다른 사람에 대해 그런 태도를 보일 성격이 아니었다.

그래서 히미코는 아무렇지도 않다는 듯이 마주 웃을 수밖에 없었다.

이모는 불쾌하다는 듯이 얼굴을 일그러뜨렸다.

"헤실거리지 말렴. 내겐 네가 엄마의 오점이 되지 않도록 관리할 의무가 있어. 이런 시간까지 놀지 말고 공부를 하려무나."

이모는 히미코의 귓가에 얼굴을 가져다 대고 불쾌한 목소리로 속삭였다.

어머니가 아무것도 강요하지 않기 때문일까? **이 새빨간 타인은** 이렇게 항상 무조건 히미코를 힐난한다.

마치 엄마의 유일한 오점이 히미코를 낳은 것이라고 주장하는 양.

――왜, 이럴 때 나타나는 걸까…….

오늘은 두 번이나 '그것'에 쫓겨 다녔다. 안 그래도 요 몇 주 동안이나 제대로 자지 못 했는데.

그런 피로도 더해져서 눈앞이 어질어질해졌다.

"잠깐, 내 말을 듣는 거니?"

어깨를 쿵 떠밀렸다.

아니, 저쪽 처지에서 보면 그다지 힘을 싣지는 않았으리라. 하지만 현재의 히미코를 떠밀기에는 충분한 힘이었다.

"아――."

시야가 빙글 뒤집혀서 붉은 하늘이 보였다.

――이렇게 쓰러지면 아마 큰일 날 거야.

바로 뒤에는 보도 경계 블록이 늘어져 있다. 거기에 뒤통수부터 쓰러지는데 낙법도 취할 수가 없다.

하지만 이대로 쓰러지면 모든 것이 편해질까?

그런 식으로 생각할 때였다.

누군가가 등 뒤에서 포옥 받아 안아주었다.

"얼레……?"

어째서인지 눈앞에 그 다정해 보이는 청년의 얼굴이 있었다.

──아츠시, 선배……?

다정해 보이는 얼굴이, 지금은 화내는 것처럼 보였다.

그러나 세 번째다.

세 번이나 이렇게 도움을 받았는데, 운명을 믿지 않는 것은 무리였다.

◇

쓰러지는 히미코를 받아 안은 아츠시는 주부처럼 보이는 중년 여성을 노려보았다.

"당신, 뭘 하는 겁니까? 사람을 부르겠습니다."

주머니에서 휴대전화를 꺼내 들었다.

상대의 반응에 따라서는 정말로 경찰에 신고할 생각이었다.

히미코는 가게를 떠날 때보다도 너덜너덜해졌다. 교복도 더러워졌고 무릎에서는 아직 피가 줄줄 흘렀다. 아마 그 뒤에도 흑요견에게 쫓겼으리라. 앨리스와 마주쳤다고는 해도, 곧바로 뒤쫓지 못해서 후회된다.

그에 더해 소녀를 떠민 것이었다.

아츠시가 받아 안지 않았더라면 히미코는 머리부터 쓰러져서 심하게 다칠 뻔했다. 최악의 경우, 죽었을지도 모른다.

중년 여성은 얼굴에 분노를 띠웠다.

"정말로 실례되는 말을 하는구나!"

귀에 거슬리는 시끄러운 목소리였다.

"다친 여자아이를 공갈한 것도 모자라 떠밀다니, 좀 범상치 않은 거 같은데요?"

휴대전화 버튼에 재빠르게 손가락을 놀리며 110번을 화면에 띄웠다.

그 상황에서 마침내 제정신을 차렸는지 히미코가 목소리를 냈다.

"아, 아니에요, 선배. 이분은, 히미코의 이모님인데……."

"그거랑 폭력을 행사해도 되는지는 별개 문제야."

오히려 그 말을 통해 아츠시는 확신이 깊어졌다.

——이 사람이 히미코에게 흑요견을 덤벼들게 만든 범인인가?

앨리스의 말에 따르면, 히미코의 친족이라면 마법에 관한 재능을 가지고 있을지도 모른다고 한다.

그 친족이 이런 악의를 보내는 것이다. 의심하지 않는 쪽이 이상하다.

다만, 그렇다고 해서 이 사람을 때려눕히면 해결되는 문제도 아닌 모양이다. 이 인물이 히미코를 저주하기를 포기하지 않는 한은 같은 일이 반복되리라.

아츠시가 날카롭게 노려보자, 중년 여성은 눈꺼풀을 움찔움찔 떨었다.

"이 내가 폭력이라고? 정말 무례한 아이구나! 어떻게 비뚤어진 교육을 하면 애가 이렇게 자라는 걸까! 부모도 변변치 않은 작자일 게 뻔해."

그 말을 듣자 화가 난다기보다도 기겁하고 말았다.

──제일 먼저 부모 험담부터 하다니. 신경줄이 두껍군…….

세상 젊은이가 모두 가족을 사랑하지는 않겠지만, 타인이 부모를 모욕해서 기분 좋을 사람은 없다.

적어도 아츠시는 자신의 부모를 존경한다.

……뭐, 둘 다 이래저래 몹쓸 구석도 있기는 했지만, 그들은 아츠시의 인격을 긍정해주었고 자신은 사랑받는다고 느끼기도 했다.

그런 부모를 이런 돼지 같은 생물이 매도하다니 배알이 뒤틀릴 것 같았지만, 그 이상으로 이런 친척을 둔 히미코가 불쌍하게 여겨졌다.

아츠시는 통화 버튼에 손가락을 얹었다.

"뒷이야기는 경찰에게 떠드십시오."

아츠시가 진심으로 신고하려는 태도를 느꼈으리라. 역시 중년 여성도 안색이 바뀌며 발길을 돌렸다.

"흥, 불쾌해!"

중년 여성은 출렁출렁 몸을 흔들면서 떠나갔다.

그 뒷모습이 보이지 않게 되자, 아츠시는 어깨에서 힘을 뺐다.

팔 안에서 히미코가 미안하다는 듯이 목소리를 냈다.

"저, 저기, 선배……."

"아아, 미안해. 설 수 있겠어?"

"아으으……."

히미코는 얼굴을 새빨갛게 물들이며 몸을 달싹거릴 뿐이었다. 아무래도 아직 혼자서 서기는 어려운 모양이었다.

"지금 그 사람에게 무슨 소리를 들은 거야?"

"……아니요, 잘못한 건 히미코니까요."

도저히 그렇게 보이지 않았지만, 히미코는 그렇게 말하며 입을 다물고 말았다.

──뭐, 분명 깊게 파고드는 거겠지만.

새빨간 타인이 고개를 들이밀어도 될 만한 일은 아니다. 하지만 아츠시는 그런 사실을 충분히 알면서 여기에 왔다.

그 대신, 히미코는 머뭇머뭇 되물었다.

"선배야말로, 왜 여기에?"

아츠시는 땅에 놓아둔 학생 가방을 주워 올렸다.

"가게에 물건을 두고 갔잖아? 없으면 곤란할 거 같아서 전해 주러 왔어."

"아, 고맙습니다."

히미코의 집이 어디인지는 이전에 바래다줬을 때 와봐서 알고 있다.

흑요견에게 쫓기는데 과연 집으로 돌아갈지는 도박이었지만, 아츠시는 도박에서 승리했다. 특히 도중에 만날 수 있어서 다행이었다.

──뭐, 가까스로 제때 맞은 거 같지만…….

아츠시는 이마에 땀을 흘리며 중년 여성이 떠나간 방향을 보았다.

"힉──."

히미코가 몸을 굳혔다.

거기에는 검은 안개가 끼어 있었다.

──아니, 분명 개야.

앨리스에게 구체적인 모습을 들은 덕분인지, 안개 속에서 개 같은 윤곽을 알아챌 수 있었다.

"서, 선배……!"

"괜찮아. 그보다, 한 가지 부탁이 있는데, 괜찮을까?"

아츠시는 히미코에게 가방을 떠넘기며 앞에 섰다.

"이 사건이 해결되면 또 우리 가게에 와주겠어? 손님으로서."

히미코는 이럴 때 무슨 소리를 하나 싶어 눈을 휘둥그레 떴다.

──하지만 중요한 일이야.

아츠시가 히미코를 돕기 위해서는 그녀가 '손님'일 필요가 있다.

그래서 다시 한 번 물었다.

"안 될까?"

"──갈게요! 갈 테니까, 도망쳐…….”

아츠시는 눈물을 머금으며 외치는 히미코를 향해 웃어주었다.

"그럼, 넌 우리 손님이야. 손님은 지켜야지."

──마법을 쓰려면 무엇을 위해서 쓸지, 자신의 규칙을 명확히 정해.──

쇼타로는 그렇게 말했다.

그쪽에 관여한다면 어디부터 어디까지 관여할지──즉, 앨리스가 '비밀스러운 일'로써 받아들일지 아닌지, 그것을 명확히 해야만 한다.

그 조건으로 앨리스가 제시한 내용이 이것이었다.

──'로코'의 손님이 되어줄 것──그것이 저에 대한 보수예요.──

앨리스가 얻을 수 있는 보수가 존재함으로써, 이것은 단순한 위선에서 마법사의 일로 바뀐다.

마법사의 일이라면 앨리스의 파트너인 아츠시도 관여할 수 있다.

말장난 같을지도 모르지만, 그런 작은 약속도 마법에는 중요한 모양이다.

아츠시는 흑요견을 향해서 자세를 취했다.

팔에는, 낡은 재킷——초봄에 입고 간 채 '로코'의 로커에 놓고 간 것이다——를 감았다.

아츠시가 자세를 취한 순간, 흑요견이 돌진해 왔다.

세상에서 제일 커다란 개는 그레이트 데인 종이라고 했던가. 몸길이 2.1미터, 체중은 놀랍게도 120킬로그램에 달한다고 한다.

흑요견은 그것조차도 작게 보이는 거구였다.

오히려, 곰이나 멧돼지 쪽에 가까우리라.

그런 거구——체중이 있다면 200킬로그램 이상이리라——가 부딪쳐오면 대형 오토바이에 치이는 것이나 마찬가지다.

그러나 피하면 뒤에 있는 히미코를 덮치리라.

각오는 이미 정해졌다.

"와라!"

재킷을 감은 팔을 내밀었다.

——뭐, 너희의 첫 일이니까. 조언 정도는 해주마.——

그렇게 말한 이는 쇼타로였다.

——흑요견이라도, 모습은 개니까. 두꺼운 천을 감아두면 물려도 어떻게든 되겠지.——

맹수 따위와 맞닥뜨렸을 때 쓰는 대처법 중 하나라고 한다. 바람직한 소재는 가죽이라고 하지만, 아츠시는 그런 고급품과 인연이 없다.

흑요견이 거기에 송곳니를 박아 세웠다.

"으윽……!"

바윗덩어리라도 부딪힌 것 같은 기분이었다. 버티고 선 다리가 1미터 가까이나 아스팔트를 미끄러져 신발 바닥에서 연기가 피어올랐다.

──이럴 때에만 도움이 되는 무식한 힘이잖아!

이를 악물며 아츠시는 버티고 섰다.

그러나 그 팔에서는 뚝뚝 피가 방울져 내렸다.

──그다지 효과가 없는 것 같아요, 쇼타로 씨.

기껏해야 맹수에 대한 대처법이다. 정령 같은 초상의 존재가 들짐승에 뒤처질 리도 없다.

흑요견의 긴 송곳니는 재킷을 꿰뚫고 팔의 살점에 박혔다. 그래도 물어뜯기지 않았던 만큼 그나마 나으리라.

"아……아……아…….."

아츠시의 팔에서 타고 내리는 피를 보자, 히미쿠의 안색이 새파래졌다.

흑요견은 피 냄새에 흥분했는지, 더더욱 턱에 힘을 강하게 주며 날뛰기 시작했다.

"우쭐거리지 마, 강아지!"

아츠시는 흑요견의 턱을 아래에서 움켜쥐었다.

턱뼈는 상하에 대해서 강한 힘을 갖지만, 좌우에서 주는 압력에는 극단적으로 약하다. 아츠시의 힘으로 움켜쥐면, 인간이든지 광견이든지 파스타처럼 부러지리라.

흑요견 역시 짐승의 모습을 한 이상 관계가 있기는 한 모양이다.

삐거덕삐거덕 무서운 소리를 내면서 뼈가 삐걱거리자, 흑요견은 참지 못하고 아츠시의 팔에서 송곳니를 떨어뜨렸다.

아츠시는 그 틈을 놓치지 않고 흑요견을 내던졌다. 그 순간 송곳니가 빠져나온 팔이 상처를 떠올린 듯이 쑤시기 시작했다.

이대로 쓰러져버리고 싶었지만, 앨리스에게서 받은 조언을 다시 떠올렸다.

──초짜 마법사가 자각 없이 덮치게 하는 거라면, 조금 아픈 꼴을 맛보게 하면 금세 도망칠 거예요──.

그럴 터인데 내던져진 흑요견은 일어서서 다시 위협하는 소리를 냈다. 아츠시를 노려보며 덮쳐들 틈을 엿보는 것이었다.

도망칠 기색은 없었다.

──뭐, 역시 그렇겠지.

그런 행동으로 쫓아낼 수 있다면, 히미코가 몇 번이나 습격당하지는 않았으리라. 이것도 앨리스나 쇼타로가 예상했던 바이다.

그래서 아츠시는 당황하지 않고 **시간벌기**에 전념했다.

그렇다, 시간벌기다.

아츠시에게는 직접적인 해결 수단이 없다. 그래서 앨리스가 그것을 준비할 때까지, 히미코의 몸을 지킬 것이다.

그것이 아츠시가 여기에 온 이유이다.

──하지만 그다지 길게 버티지는 못할 거 같아, 앨리스…….

흑요견은 습격을 방해받았기 때문인지 상당히 살기를 피우고 있었다. 배회하듯이 도로를 좌우로 이동하며 조금씩 거리를 좁혀 왔다.

게다가 히미코도 문제다.

"미안해요, 미안해요, 미안해요……."

그녀는 아츠시가 흘린 피를 목격한 탓인지, 완전히 흐트러져서 같은 말을 중얼거리는 꼴이었다.

이미, 아츠시의 목소리가 전해지는지도 의심스럽다. 머리를 끌어안고 몸을 웅크려서 일으켜 세우기도 어려워 보였다.

현 상태의 히미코를 데리고 흑요견에게서 도망치기는 무리다.

여기에서 그녀를 지킬 수밖에 없다.

아츠시가 맞받아칠 각오를 다지자, 다시 흑요견이 돌진해 왔다.

다만 그 움직임은 너무나 직선적이었다. 다시 한 번 정도라면 막을 수 있다. 양손으로 흑요견의 머리를 억누르다시피 해서 아츠시는 돌진을 받아냈다.

그럴 터였지만 ──.

"으억?"

"선배!"

히미코가 비명을 질렀다.

아츠시는 견디지 못하고 벌렁 나자빠져 쓰러졌다.

두 번째 돌진에 아츠시의 체력이 떨어졌을까?

──아니야. 아까보다도 힘이 강해졌어!

아까 전에 본 이모는 아츠시의 욕지거리가 어지간히 화났던 것일까? 흑요견은 더욱더 흉포해져서 매달려왔다.

유일한 행운은 아무 데도 물어뜯기지 않았다는 점일까? 아츠시의 양팔은 흑요견의 목을 억누르고 있어서, 그 송곳니는 살짝 닿지 않았다.

흑요견이 이빨 소리를 딱딱 울렸다.

누린내 나는 숨을 뿜고 침이 뚝뚝 떨어졌다.

무엇보다 무겁다. 대체 몇백 킬로그램이나 될까? 덮쳐누르기만 하는데 늑골이 부러질 것 같아서 숨조차 쉴 수가 없었다.

——큰일이야…….

물렸던 왼팔에 힘이 들어가지 않았다. 덤으로 흑요견의 체모는 매끈매끈 미끄러워서 억눌러둘 수 없었다.

아츠시도 목을 비틀어 꺾을 기세로 붙잡아두려고 하는데 꿈적도 하지 않았다.

——이제 안 되려나?

체념하려 들던 그때였다.

"아츠시 선배를, 놔줘!"

히미코의 학생 가방이 흑요견의 콧잔등을 직격했다.

아츠시가 흑요견에 떠밀려 넘어지자 제정신을 차린 모양이었다. 웅크리고 있던 히미코가 학생 가방을 주워서 흑요견을 때리려고 덤빈 것이었다.

『캥?』

흑요견의 거구가 홀연히 날아가자, 아츠시는 호흡을 되찾았다.

아츠시는 그대로 구르다시피 해서 몸을 일으켰지만 지금 본 광경이 이해되지 않았다.

——가방으로 때리기만 했는데, 흑요견이 날아갔어?

바위 같은 거구에 아츠시의 악력으로도 꿈쩍도 하지 않았던 괴물이, 히미코 같은 여고생의 가는 팔에 날아간 것이다.

——이것도 마법 같은 힘인가?

앨리스도 히미코에게는 무언가 그런 재능이 있을지도 모른다고 말했다.

이유는 아직 모르겠지만, 궁지에서 구원받은 것은 사실이었다.

"살았어, 신도……."

아츠시는 그렇게 말하면서 일어섰다.

"이, 이제, 됐어요. 도망치세요, 선배……."

"그럴 수는 없어. 여기에서 널 버리면, 난 평생 그걸 후회하면서 살아가야만 할 거야."

아츠시는 농담할 의도였지만, 별로 그렇게 들리지는 않은 모양이었다.

아직 부들부들 떠는 히미코를 등 뒤로 보호하며 흑요견과 세 번째로 대치했다.

흑요견은 아까 전에 일격을 받고 기가 죽었는지 거리를 벌리고서 멀찍이서 이쪽을 바라봤지만 떠나갈 기색은 없었다.

──그래도 다음은 더 이상 막을 수 없을 거 같은데. ……어쩌지?

상처나 체력도 그렇지만, 흑요견을 만진 손에 질척질척한 침이 들러붙어서 제대로 물건을 움켜쥘 수 없다.

투우사처럼 화려하게 돌진을 피할 수 있다면 좋겠지만, 공교롭게도 악력 빼고는 일반인 이외의 그 무엇도 아니다. 아츠시에게 그런 반사신경은 갖춰지지 않았다.

땀이 이마를 타고 내려온 그때였다.

"아츠시 오빠!"

앨리스의 목소리였다.

──제때 왔구나!

어두운 길 너머에서 작은 소녀가 달려오는 모습이 보였다.

다만, 불안한 점은 그녀가 흑요견 뒤로 나와 버렸다는 사실이었다.

흑요견은 새로 나타난 사냥감을 돌아보았다.

"……으."

넙죽 엎드리고도 여전히 자신의 키보다 더 큰 거대한 개의 모습에, 앨리스도 겁을 먹고서 발걸음을 멈췄다.

"그렇게 놔둘까 보냐!"

흑요견은 지금 아츠시에게 등을 돌리고 있다. 그 상황에 몸통

박치기를 하듯이 달려들었다.

『으르르르릉!』

흑요견은 격렬하게 신음하며 날뛰었지만, 뒤에서 몸통에 들러붙은 아츠시를 떨쳐낼 수 없었다.

그대로 흑요견을 도로에 잡아당겨 넘어뜨린 후 아츠시는 외쳤다.

"앨리스, 지금이야!"

"……으, 네!"

앨리스가 양손에 움켜쥔 물체는 무엇에 쓰는지 모를 나무 막대기 두 자루였다. 잎과 작은 가지를 쳤을 뿐인 생나무인데, 딱 묘목 정도 되는 크기였다.

앨리스는 그 가지 두 자루를 몸 앞에서 두드려 울렸다.

높고 맑은 소리가 밤의 거리에 울렸다.

나무인데도 물피리 같은 신기한 음색이 났다. 그다지 커다란 소리는 아닐 텐데, 어디까지고 울려 퍼지는 것 같은.

그 음색을 듣고 흑요견이 몸을 떨었다.

『캐앵?』

짧은 비명을 남기고 흑요견의 몸이 무너졌다.

아츠시의 팔 안에서도 그 감촉이 사라졌고, 눈을 깜빡인 뒤에는 마치 질 나쁜 꿈이었던 것처럼 검은 개의 모습은 보이지 않았다.

◇

"대, 대체, 뭘 한 거야?"

"박자목이라는 물건이에요. 딱따기라고 하는 편이 알기 쉬우려나요. 축제나 화재 경계 같은 데서도 쓰이는 악기예요."

아츠시가 익숙지 않은 단어를 듣고 눈살을 찌푸리는 모습을 보고, 앨리스는 간단히 설명해주었다.

"흑요견은 이 소리를 들으면 힘을 봉인당한다고 해요. 다만, 조금 특별한 유칼립투스 나무에서 잘라낸 가지가 필요하거든요."

박자목 자체는 드물지 않지만, 특수한 소재로 만든 물건이 필요했던 모양이다. 그 물건을 손에 넣는데 시간이 걸렸나 보다.

흑요견의 그 무시무시한 위압감이 사라진 것을 느끼고서, 아츠시도 일어섰다.

"이제, 끝난 건가?"

"일단, 당분간은요. 흑요견을 덤벼들게 한 사람을 막지 않으면, 조만간 같은 일이 일어날지도 모르겠지만요."

그러나 그렇게 된다고 해도 이 박자목이 있으면 쫓아낼 수 있다.

히미코의 몸을 지키기에는 충분할지도 모른다.

아츠시는 히미코의 곁으로 향했다.

"괜찮아, 신도?"

히미코는 몸을 움찔 떨었다.

그리고 아츠시의 팔과 다리를 보더니 얼굴을 손으로 가리고
말았다.

"미안해요, 선배. 히미코 때문에……."

그 말을 듣고 깨달았다.

아츠시는 물어뜯긴 왼팔뿐만이 아니라 무릎과 오른팔 등 여기
저기에 상처투성이였다. 흑요견에게 들이받히거나, 반대로 뛰
어들거나 해서 몇 번이나 지면을 구른 탓이리라.

아츠시는 고개를 옆으로 내저었다.

"별거 아니야."

그 상처는 물론 아프다. 지금 당장 병원으로 뛰어 들어가고 싶
은 기분이었지만, 이 정도 상처로 히미코가 죽지 않고 끝났다.
그렇게 생각하면 대단한 문제는 아니다.

그렇지만 히미코는 울음을 그치지 않았다.

"미안해요. 역시, 히미코는 있어서는 안 될 아이예요……."

"그런 소리를 하지 마……."

아츠시의 부상에 책임감을 느끼지 말라는 소리를 받아들이기
어려울지도 모르지만, 사건이 일어난 것은 히미코 잘못이 아니
다. 그녀는 피해자다.

아츠시가 어떻게 해서든 히미코를 달래려고 손을 뻗었을 때
였다.

"아츠시 오빠."

앨리스가 아츠시의 옷자락을 꼬옥 움켜쥐었다.

아츠시도 그 목소리가 떨린다는 사실을 눈치챘다.

"어째, 서……."

사라졌을 흑요견이 다시 밤의 거리에 나타나려고 했다.

아직 실체를 가지지 않은 안개 같은 모습이다.

그렇다 해도 또다시 히미코를 노리고서 나타난 것이다.

"어째서……. 박자목은 효과가 있었을 텐데."

앨리스도 아연한 목소리를 흘리더니 화들짝 놀랐다.

아츠시 또한 깨닫고 말았다.

──흑요견을 덤벼들게 한 범인이, 그 이모님이 아니었다고 한다면?

히미코의 친족 이외에도, 또 한 사람 그것을 할 수 있는 사람이 있지 않던가?

아츠시와 앨리스는 동시에 히미코를 보았다.

불꽃처럼 아름다운 붉은 머리카락. 이런 '다른 색'을 가지고 태어난 사람에게는 마법의 재능이 있을 경우가 많다고 들었을 터였다.

──신도가, 흑요견을 불러들였다는 거야?

그러나 짚이는 구석은 있었다.

──미안해요, 미안해요, 미안해요.──

히미코가 자신을 책망하는 듯한 언동을 취할 때마다 흑요견의 힘이 늘어났다.

그러고 보면 그녀가 학생 가방으로 후려친 정도로 흑요견은 주눅이 들어서 날아갔다. 아츠시의 악력으로도 꿈쩍도 하지 않았던 괴물인데.

그리고 지금, 아츠시의 상처를 보고서 히미코는 또 자신을 책망해버렸다.

흑요견은 그에 응해서 나타난 것이다.

——어쩌지?

그 이모를 어떻게 하면 사건이 해결될 줄 알았다.

물론 계기는 그 이모이리라. 그 이모가 히미코를 공갈하는 광경은 아츠시도 봤다. 히미코는 계속 그런 악의를 받아왔다.

그러나 그 악의를 받아들임으로써 이 흑요견이 태어났다.

이것은 악의에서 지켜주면 되는 문제가 아니다. 히미코 스스로, 자신을 책망하는 것을 멈추어야만 끝난다.

그렇다면 다른 사람의 상처에 마음 아파하는 행위가 나쁘다는 말이라도 해야 한다는 것인가?

——그런 건 부조리하잖아.

히미코를 그런 부조리로부터 지켜주고 싶어서, 아츠시는 여기에 오지 않았던가.

아츠시는 크게 숨을 들이마시고 마음을 진정시켰다.

그런 다음, 앨리스의 어깨에 양손을 얹었다. 작은 어깨는 겁먹은 듯이 떨렸다.

지금의 앨리스에게 이런 말을 하면 부조리할지도 모른다. 그렇다 해도 이런 부탁을 할 수 있는 이는 그녀뿐이었다.

"앨리스, 잠시 저걸 억눌러주겠어?"

"……해볼게요."

앨리스의 박자목이라면 흑요견을 물리칠 수 있다.

이 상대로는 언제까지 통할지 모르겠지만, 히미코와 이야기할 시간만큼은 벌 수 있으리라.

아츠시는 히미코 앞에 쭈그리고 앉았다.

"신도."

아츠시가 자신의 이름을 부르자, 히미코는 움찔 몸을 떨었다.

"이 사건이 끝나면 또 커피를 마시러 와주겠다고 했었지."

무슨 말을 하나 싶어 히미코는 고개를 들었다.

"난 손님이 커피를 마시는 동안만이라도 고민을 잊을 수 있다면 좋겠다고 생각하며 커피를 내려. 하지만 사실은 고민 따위를 품지 않고서 커피를 즐겨주는 게, 제일 좋아."

커피에는 고민이나 괴로움을 잊게 해주는 힘이 있다고 생각한다.

그러나 그런 감정을 잊으려고 마신다면, 분명 진정한 의미로 커피를 맛볼 수는 없으리라.

그래서 아츠시는 똑바로 히미코를 바라보았다.

"난 네 고민을 해결할 수 없어. 내가 할 수 있는 일은 기껏해야 이럴 때 아주 조금 몸을 지키는 데 도움을 주는 것과 이야기를 들어주는 것 정도야."

그리고 흑요견을 가리켰다.

개로서의 윤곽을 되찾아, 다시 히미코를 덮쳐들려고 태세를 갖추고 있었다.

앨리스가 달려드는 흑요견을 박자목으로 물리쳤다.

개의 모습이 부서지고 검은 안개가 되어 흩어졌지만, 그래도 또 금세 모여들었다.

아까 전보다도 원래대로 돌아오는 속도가 빠르다.

수십 초도 지나지 않은 사이에 그것은 또 개의 형태가 되어 덮쳐들리라. 형태를 되찾기까지 걸리는 시간도 점점 짧아지고 있다.

"……신도. 이대로, 괜찮겠어?"

그래서 아츠시는 똑바로 그 말을 내던졌다.

"저런 괴물이 언제까지 들러붙어도, 그대로 괜찮겠어?"

히미코는 몸을 떨면서도 고개를 옆으로 내저있다.

그 행동만으로 흑요견의 형태가 또 무너졌다.

역시 그녀의 의지가 흑요견의 형태를 이루는 것이었다.

──하지만, 아직도 모자라.

이 정도의 의사 표시로는 저것을 내쫓기에는 압도적으로 부족하다.

"그럼 그렇게 똑바로 말해. 영문 모를 악의를 받고, 그래서 자신이 나쁘다는 생각을 떠안으면 도망치는 거나 마찬가지야. 웃기지 말라고 대꾸해줘."

그것은 흑요견을 향한 말이 아니다.

이모에게 맞선다는 의미도 아니다.

앞으로 장래에 이모가 사라져도 그녀에게 악의를 보내는 인간은 나타나리라. 그럴 때마다 이렇게 웅크릴지, 그렇지 않으면 맞설지를 묻는 것이었다.

아츠시는 대답하지 못하는 히미코에게 뿌리치듯이 이렇게 말했다.

"넌 정말로 자신이 필요 없는 애라고 생각해? 지금 여기에서 널 도우려고 하는 우리는, 쓸데없는 짓을 하는 거야?"

히미코는 고개를 옆으로 내저었다.

"아니에요……."

흑요견이 살짝 기가 죽었다.

그렇다 해도 개의 모습을 되찾는 것을 멈출 정도는 아니었다.

마침내 소 같은 거구를 되찾은 흑요견은 또다시 아츠시 일행을 향해서 돌진해 왔다.

"……으."

앨리스가 그 공격을 맞받아치려고 박자목을 겨누었지만, 아츠시는 그 손을 잡고서 막았다.

"아츠시 오빠……?"

아츠시는 곤혹스러운 목소리를 흘리는 앨리스에게 고개를 끄덕여줄 뿐이었다.

"그럼 말해줘! 자신의 입으로 똑바로 대꾸하는 거야."

양손의 아래에서 고개를 들고서 히미코는 외쳤다.

"히미코는, 필요 없는 애가 아니에요!"

그 목소리는 박자목의 음색보다도 강하게 울렸다.

『캐앵!』

그리고 흑요견의 거구가 튕겨 나갔다.

아츠시의 머리로 덮쳐드는 송곳니도 날아가 버리고 검은 안개만이 그곳을 지나갔다.

다만, 어째서인지 아츠시의 눈에는 그 안개가 히미코의 뺨을 쓰다듬었던 것처럼 보였다.

마치, 사랑스러운 아이의 성장을 칭찬하는 것처럼.

──어째, 서……?

그 사나운 모습에서 왜 그런 환상을 품었는지, 스스로도 이해할 수 없었다.

그래도 사라진 흑요견은 더 이상 이곳에 나타나지는 않았다.

히미코가 털퍼덕 주저앉았다.

"이제, 괜찮아."

"네……?"

"저런 괴물에게 호통을 쳐줬어. 인간을 상대로 대꾸 못 할 리가 없잖아?"

그런 다음, 아츠시는 어깨를 으쓱였다.

"이런 말을 하기는 미안하지만, 그 이모님이 흑요견과 비길 만한 건 이렇게, 살이 찐 부분밖에 없잖아."

히미코는 어리둥절하게 눈을 깜빡이더니 웃음을 터뜨렸다.

"선배, 그건 말이 심해요……."

그렇게 말하고 히미코는 웃었다.

눈물을 흘리면서, 언제까지고 깔깔 목소리를 내면서.

——아아, 이 애는 이렇게 웃는구나.

그것은 평소의 헤실거리는 거짓 웃음이 아니라, 진심에서 우러나오는 웃는 얼굴이었다.

흑요견이 이 소녀를 덮치는 일은 이제 두 번 다시 없었다.

——건방진 꼬맹이!

히가시노 타카미——히미코의 이모는 자기 방에서 욕지거리를 하면서 퍼스컴을 두드렸다.

일기를 쓰고 있었는데, 거기에 자아낸 내용은 나날의 원망과 괴로움이었다. 특히 오늘은 '사명'을 방해받기도 해서 무시무시한 욕설과 악담이 늘어져 있었다.

결혼은 하지 않았다. 친가에서 늙은 양친의 집안일을 돕는 것이 그녀의 직업이었다.

조카인 히미코를 **교육**했더니 낯선 청년이 방해를 했다.

아무래도 히미코와는 아는 사이인 모양이었다. 설마 그럴 리는 없겠지만, 두 사람은 연인일까? 그렇게 생각하자 괜스레 부아가 치밀었다.

——나는 솔로인데, 어째서 그런 꼬맹이가 남자를 꼬드겨서 흘레붙는 거야!

용서할 수 없다.

그러나 정말로 용서할 수 없는 것은 히미코의 어머니—— 즉, 타카미의 여동생이었다.

학창 시절에 타카미는 우등생이었다.

가만히 있어도 주위 사람은 아양 떨며 다가왔다. 모두 머릿속이 텅 비었다. 무능한 바보라서 우등생인 자신이 하는 말을 들으려고 모여든 것이었다.

자신은 여왕이고, 주위는 하인이었다.

그 무리중에 특히 압권인 바보는 여동생이었나.

항상 헤실거리며 애교를 부려대는 것 말고는 능력이 없는 애였다. 뛰어난 장점도 없고, 날카로운 통찰을 하지도 못한다. 성적도 중간에서 아래라, 무엇 하나 타카미와 대등한 점이 없었다. 정말로 자매인지 의심하고 싶어질 지경이었다.

그런데 어느샌가 타카미의 주위에서는 사람이 사라지고, 애지중지 대접받는 이는 여동생 쪽이 되었다.

아무도 타카미를 인정해주지 않게 되었다.

뭐, 다들 바보니까 어쩔 수 없다. 바보에 비해서 자신은 너무 현명하다. 그들에게 이해하라고 해도 지독한 처사이리라.

세월은 흘러 타카미는 일류 기업에 취직했다.

자신의 능력을 유감없이 발휘할 수 있는 직장이라고 생각했다.

그런데 거기에서도 사람들은 자신을 인정하려고 들지 않았다. 혁신적인 기획을 고안해, 멍청한 상사에게 그 정당성을 아무리 설명해도 이해받지 못했다.

이해는커녕 결국 벽지 지부로 좌천되었다.

타카미를 일을 그만두었다.

그녀는 그 결과가 자신의 협조성 부족이 원인이었으리라고는 끝까지 이해할 수 없었다.

그런데 친가로 돌아와 보니 여동생은 성공해 있었다.

기량 좋은 청년과 맺어져 따스한 가정을 꾸리고, 사회에 나가서 평가도 받았다. 여동생이 인정받은 이유는 인품이 좋아서라고 한다.

엿 먹어라.

그러나 여동생을 공격할 수는 없었다.

여동생을 직접 공격하면 자신이 여동생에게 열등감을 품었다고 인정하는 것 같아서, 타카미는 견딜 수 없었다.

그 대신 눈길을 준 상대는 여동생의 딸——히미코였다.

기분 나쁜 붉은 머리카락을 타고난 아이였다.

여동생 앞에서는 악의를 감춰 웃는 얼굴로 대하며 히미코를 바지런하게 돌봐주고, 여동생이 알지 못하는 곳에서 히미코를 공격해보았다.

넌 어머니의 유일한 오점이라고 불어넣어주었다.

어린 히미코는 그 말을 곧이곧대로 받아들여 하염없이 울음을 터뜨렸다.

처음으로 가슴이 후련한 기분이 들었다.

히미코는 자신에게 학대받기 위해 태어났다. 그 애를 학대하는 것은 타카미가 가진 특권, 아니, 사명인 것이다.

이윽고 남편을 잃은 여동생은 일에 쫓겨서 히미코를 방치하게 되었다.

히미코를 돌봐주는 역할을 맡게 된 이유는 타카미가 자진해서 나섰기 때문이었다. 언니를 굳게 믿는 바보 같은 여동생은 거기에 의문을 품지 않았다.

지금은 히미코에게 악의를 보내는 것이 타카미의 존재의의이다. 이것 없이는 이제 살아갈 수 없다.

그리하여 오늘도 히미코를 괴롭혔는데, 방해를 받았다.

히미코는 행복해져서는 안 된다.

그런데 자신을 배신하고서 행복해지려고 한다. 그 가능성을 품고 말았다.

——날 배신하다니 용서 못 해.

그렇다, 이것은 자신을 향한 배신이다.

내일은 좀 더 철저히 마음을 아프게 해주어야 한다.

일반인이 보면 토악질이 나올 만한 악의의 덩어리가 이 여자의 원동력이었다.

그때였다.

"——으, 뭐, 뭐지?"

등줄기에 오한이 퍼졌다.

퍼스컴 화면에서 눈을 떼고서 뒤를 돌아봤다.

거기에는 창이 있을 뿐이었고, 아무것도 보이지 않았다.

"⋯⋯어머, 안 되겠네. 커튼을 치지 않았어."

오늘도 타카미의 계정 앞으로 "당신이 하는 말은 이상하다" 따위의 글을 쓰는 무례한 사람이 있었다. 최근에는 SNS를 통해 주소가 특정되는 사건도 많다고 한다. 세상은 다른 사람을 공격하거나 발목을 잡는 데에서만 삶의 보람을 느끼는 자가 흘러넘친다.

누군가가 엿볼지도 모르는데 방심했다.

타카미가 커튼을 치려고 자리에서 일어서자 밖은 완전히 해가 저물어서 새까맸다. 무심코 일기를 쓰는데 너무 푹 빠졌던 모양이다.

그리하여 커튼에 손을 대려고 했을 때였다.

——불빛도 안 들어오다니 이상하지 않나?

어두운 것이 아니다. 마치 먹으로 처바른 것처럼 새까맸다.

그렇지만 타카미는 그 점을 이상하다고는 인식하지 않았다.

"잠깐, 가로등이 망가진 거 아니야? 정말 관청은 일도 안 하고 무능하다니까⋯⋯."

드르륵 창문을 열었다.

그 순간, 짐승 같은 누린내가 코를 찔렀다.

"이 냄새는 뭐야? 어디 사는 멍청이가 또 음식 쓰레기라도 버렸나……?"

욕지거리하는 타카미의 코끝에, 두 개의 불빛이 확 켜졌다.

작고, 새빨간 빛.

묘하게 가까워 보이는데 대체 뭘까?

손을 뻗자 축축한 모포 같은 무언가가 손에 닿았다. 바로 코앞이었다.

"이건 뭘까……?"

『으르르르…….』

그것은 밤하늘보다도 훨씬 어두운 색을 가진 개였다.

"흐익?"

타카미는 비명을 지르며 엉덩방아를 찧었다.

그런 다음 네 발로 기어서 방 안쪽으로 도망쳤다.

"엄마! 잠깐, 엄마! 경찰, 아니, 보건소야! 보건소에 연락해. 맹수가 있어!"

마구 소리쳐대다가 퍼스컴을 켜놓았다는 사실을 깨달았다.

——저 일기를, 남에게 보일 수는…….

퍼스컴을 끄려고 일어섰지만, 그 상황에 창에서 검은 개가 들어오고 말았다.

개를 자극하지 않도록 퍼스컴으로 손을 뻗었지만——.

『멍!』

개는 그 행동을 가로막듯이 짖었다.

"지, 짐승 주제에……!"

그러나 타카미도 맨손으로 맹수에게 도전할 만큼 목숨 아까운 줄 모르지는 않았다.

"엄마! 보건소에 연락하라니까!"

다시 그렇게 호통쳤지만, 아래층에 있는 양친이 그에 응할 기색은 없었다.

혀를 차고서 뒤로 물러섰을 때였다.

"아——."

불현듯이 발치에서 바닥의 감각이 사라졌다.

어느샌가 타카미는 방 밖까지 도망쳐 있었다. 그 발치에는 1층으로 이어지는 계단이 뻗어 있었다.

"아아아아아아아아아아아아아아아아아아아?"

타카미는 추한 비명을 지르며 계단에서 굴러 떨어졌다.

◇

"안녕하세요, 선배."

그날 밤부터 이틀 정도 지난 뒤, 히미코는 '로코'에 찾아왔다.

아직 오전 11시인데 달려온 것이리라. 숨을 헐떡이고 있었다.

약속대로 그녀는 이 가게의 손님으로 와주었다.

"어서 오세요, 신도 양."

아츠시도 팔에 입은 부상에는 붕대를 감았지만, 일을 못할 정도로 아프지는 않았다. 그 또한 제복 소매에 가려져서 남의 눈을 끌지도 않았다.

오늘은 토요일이다. 학교도 휴일일 텐데, 히미코는 교복 차림이었다. 창가 자리에는 당연하다는 듯이 앨리스가 걸터앉아 있었다. 히미코도 앨리스를 알아채고서 작게 인사를 나누었다.

그런 다음, 아츠시를 향해서 꾸벅 고개를 숙였다.

"죄송해요, 어제 오고 싶었는데."

"학교에 가야 하잖아? 무리하지 않아도 괜찮아."

컵을 닦으면서 아츠시가 대답하자, 히미코는 호흡을 가다듬고 나서 무언가 말하고 싶은 양 입을 열었다.

하지만 몇 초쯤 우물우물 입안에서 굴릴 뿐 말을 꺼내지는 않았다.

아츠시는 고개를 갸웃거리면서도 히미코에게 자리에 앉으라고 재촉했다.

히미코는 어깨를 추욱 늘어뜨리더니 이전과 같은 카운터석에 앉았다. 주문은 오늘의 커피였다.

아츠시는 사이펀을 알코올램프에 올리면서 히미코에게 말을 걸었다.

"그 후로, 괜찮았어? 그 이모님 문제라든가……."

흑요견을 내쫓는 데는 성공했지만, 이모와의 관계가 개선되지는 않았다.

그 사람을 어떻게든 하지 않는 한, 히미코가 진정한 의미에서 웃으며 지낼 수 있게 됐다고 할 수는 없다. 아무리 마음을 굳게 먹어도, 그런 악의를 계속 보내면 또 마음이 꺾여버릴 날이 찾아올지도 모른다.

"그거 말인데요……."

히미코가 곤란한 표정을 지었다.

"괜찮아졌다고 해야 할지, **그렇게 되어버렸다**라고 해야 할지……. 어쨌거나, 히미코는 괜찮아요."

"무슨 뜻이야?"

히미코는 고개를 갸웃거리는 아츠시에게 참으로 거북하다는 듯이 이야기를 시작했다.

"실은 그 뒤로, 이모가 다친 모양인데……."

히미코가 집으로 돌아가자 할머니에게서 "이모가 계단에서 떨어졌다"라는 연락이 왔다고 한다.

물론 그녀도 처음에는 흑요견을 떠올렸지만, 아무래도 이야기는 생각지 못한 방향으로 굴러간 모양이다.

"부상은 대단하지 않았지만, 할머니가 이모의 일기를 발견했는데, 거기에서…… 그, 이것저것, 히미코에게 했던 짓이라든가. 그밖에도 입 밖에 내기도 꺼려질 만한 내용이 잔뜩 적혀 있었다나 봐요."

아무래도 그 이모는 이웃 사람에게도 심술을 부렸던 모양이다. 양친이 그 사실을 알게 되어 굉장한 소동이 벌어졌다고 한다.

그래서 그 이모는 히미코의 어머니나 할머니 앞에서는 내숭을 떨었다고 한다. 그 때문에 더더욱 배신당했다며 가족은 격노한 모양이었다.

"더군다나 인터넷에도 과격한 글을 썼다던데, 경찰 아저씨에게도 찍혔다는 사실을 알게 돼서……."

인터넷에서는 익명으로 발언할 수 있으니까 제멋대로 글을 쓰는 사람이 많지만, SNS는 적게나마 개인 정보를 등록할 필요가 있다. 경찰에는 사이버 범죄 대책반이라는 것이 있는데, 가짜 이름으로 계정을 사용해도 신원을 특정할 때는 특정된다.

히미코는 미안하다는 듯이 어깨를 늘어뜨렸다.

"그런 게 발각되버리는 바람에, 어제는 온종일 큰 소동이 일어났고. 엄마까지 일을 쉬고 돌아와서 더더욱……."

경찰 소동으로 번질 만큼 큰 소란이다.

그 소용돌이 속에 있던 히미코의 심정은 헤아리고도 남는다.

"그거 참, 일이 커졌구나……."

"하, 하지만, 그 덕분이라고 말하기는 뭐하지만, 가족들이 이제 히미코 근처에 이모를 다가오지 않게 해주었어요."

그런 다음, 히미코는 헤실 웃었다.

"히미코는 제대로 싫었던 걸 싫다고 말했어요!"

"응. 노력했구나."

분명 흑요견의 사건이 없었더라면, 이모의 행각이 들켜도 히미코는 아무 말도 못 했으리라. 그리고 결국 흐지부지가 되어 심술이 이어졌을지도 모른다.

틀림없이 그녀의 성장 덕분에 그것을 뿌리칠 수 있었으리라 생각한다.

아츠시가 진심으로 칭찬의 말을 건네자, 히미코도 배시시 웃음을 돌려주었다.

그 상황에 커피가 완성되었다.

"자, 오늘의 커피입니다."

"잘 마시겠습니다."

히미코는 각설탕 하나와 우유를 넣더니 컵에 입을 대었다.

"……써요."

"코코아랑 바꿔줄까?"

여기는 커피점이긴 하지만 메뉴에 코코아나 홍차도 있다.

아츠시가 그렇게 제안하자, 히미코는 고개를 옆으로 내저었다.

"으으, 이게 좋아요. ……이건 무슨 커피인가요?"

"만델링입니다. 향과 쓴맛이 강하기로 유명하죠."

아츠시는 영업 말투로 설명했다.

덧붙여서 앨리스는 오늘도 향으로만 제품명을 맞혔다.

히미코는 쓰다는 양 혀를 내밀고서 설탕을 추가했지만, 커피에 우유를 넣어 온도가 내려가 버리자 좀처럼 녹지 않았다.

──다음부터 우유도 데워서 내주는 편이 좋으려나.

시럽을 내놓는 방법도 있지만, 애당초 우유를 넣은 정도로 커피가 식어버리는 것이 문제다.

그런 생각을 했지만, 아츠시의 마음속에는 한가지 마음에 걸리는 점이 남아 있었다.

──이모가 다친 건 우연일까?

히미코가 흑요견을 쫓아낸 직후에, 너무 타이밍이 좋지 않은가.

"──남을 저주하려거든 구멍을 두 개 파라는 말이 있어요."

아츠시가 팔짱을 끼고서 골머리를 썩이자, 앨리스가 카운터석으로 이동했다.

"흑요견에게 형태를 준 건 이 사람일지도 모르지만, 처음 저주를 낳은 건 역시 그 이모가 아닐까 해요. 그럼, 깨진 저주가 되돌아갈 가능성도 있겠죠⋯⋯."

히미코도 그 한마디를 듣고 안색을 바꾸었다.

"그럼 이모가 다친 건 역시 히미코 탓인가요⋯⋯?"

"⋯⋯계단에서 떨어진 거 말고, 수상한 부상은 없었나요?"

"그렇다면 분명 좀 더 떠들썩했을 거 같은데요⋯⋯."

"그럼 분명 아니겠죠. 언니가 본 '그것'은 계단에서 떠미는 정도로 봐줄 상대였나요?"

히미코는 붕붕 고개를 옆으로 내저었다.

앨리스 나름대로 위로해준 것일지도 모른다. 히미코도 안심한 표정을 지었다.

하지만, 하고 아츠시는 생각했다.

"신도가 우리 간판에 부딪힌 것도 흑요견 탓이지?"

"──그런 거 같은데요."

앨리스의 위로를 허사로 만드는 것 같지만, 아츠시는 이렇게 말했다.

"그런, 간접적인 공격을 할 수 있다고 치면, 그 흑요견은 이모님이 가장 곤란한 타이밍에 위협했을 수도…… 있지 않을까?"

"그건……."

아츠시는 또다시 안색이 새파래진 히미코에게 이렇게 말했다.

"아니, 책망하는 게 아니야. 뭐라고 해야 할까. 그 개는, 사실은 신도를 지키려고 한 면도 있는 게 아닐까 하고…… 바보 같은 생각일지도 모르지만, 그렇게 여겨져서."

냉정하게 생각해보면 그런 맹수에게 습격당하고 생채기로 끝날 리가 없다. 흑요견은 아츠시를 습격했을 때조차 진심은 아니지 않았을까?

실제로 맞붙었기 때문인지 그런 생각이 든다.

앨리스는 작게 고개를 끄덕였다.

"흑요견은 불길함의 상징처럼 말들 하지만, 아이를 지키는 수호신 같은 얼굴도 있어요. 그러니까……."

아츠시가 말한 가능성 역시 있을지도 모른다.

그렇게 말하자, 히미코는 손뼉을 짝 쳤다.

"아아, 그렇구나. 그럼 그 애는 처음부터, 히미코를 위해서 쫓아와 준 거군요."

"내가 이런 말을 하긴 뭐하지만, 잘도 그런 생각을 하는구나."

무서운 경험을 한 이는 히미코였는데.

그렇지만 히미코는 고개를 옆으로 내저었다.

"그렇지만 그 애에게 쫓기지 않았더라면, 히미코는 이 가게에 찾아오지 않았을 거예요. 이 가게에 오지 않았더라면, 히미코는 계속 필요 없는 아이로 남았겠죠."

그 말을 곱씹듯이 히미코는 손으로 자신의 가슴을 억눌렀다.

"그러니까 아마도, 히미코는 제대로 보호받은 거예요."

아츠시도 그 말에 고개를 끄덕였다.

"응. 나도 그렇게 생각해."

그렇게 마주 웃은 다음, 히미코가 문득 무언가를 떠올렸다는 양 앨리스를 보았다.

"그러고 보니 요전부터 생각했는데, 이 애는⋯⋯? 어쩐지, 그때도 굉장한 아이템을 가지고 있었죠?"

"아아, 그건⋯⋯."

아츠시가 대답하려고 하자, 앨리스가 그것을 가로막았다.

"⋯⋯미사카, 앨리스입니다. 양친의 직업 상, '마법' 같은 것에 조금 소양이 있어요."

"마법!"

"……그게 무슨 문제라도?"

생긋 웃지도 않고서 담담하게 말하는 앨리스의 모습을 보자, 히미코가 뒤로 물러섰다.

"히미코, 혹시 미움받는 건가요?"

"……별로."

아츠시는 쓰게 웃었다.

"앨리스는 남과 이야기하는데 좀 서투를 뿐이야. 사실은 다정하고 좋은 아이지. 널 돕기 위해서 이래저래 힘써줬으니까."

"그, 그랬나요? 고마워요, 앨리스……?"

히미코가 머리를 쓰다듬으려고 하자, 앨리스는 그 손을 피해버렸다.

"아, 아하하……. 그렇군요. 처음 보는 사람이 머리를 건드리면 싫겠죠."

어쩐지 상처받은 표정을 지으면서도 히미코는 웃어주었다.

――……어? 앨리스가 어쩐지 언짢은 거 같은데?

사건이 해결되었는데 무언가 마음에 걸리는 점이라도 있나?

아츠시는 슬쩍 앨리스에게 말을 걸었다.

'혹시, 또 뭔가 문제가 남아 있어?'

앨리스는 드물게 복잡한 표정을 띠웠다.

'문제는 남아 있지 않지만, 또다른 문제가…….'

무언가 말하기 거북한 일인지, 앨리스는 입을 우물거린 채 입을 다물었다.

아츠시가 고개를 갸웃거리자, 히미코가 아츠시를 불렀다.

"저기, 선배."

"왜 그래?"

"하, 한 가지, 부탁이 있눈데요……."

'어, 혀가 꼬였다.'

'혀가 꼬였네요.'

히미코의 얼굴이 순식간에 붉게 물들고, 차마 견디지 못한 듯이 양손으로 얼굴을 가렸다.

"내가 할 수 있는 일이라면 뭐든지 말해봐."

아츠시가 등을 떠밀 듯이 그렇게 말하자, 히미코는 뜻을 정한 듯이 고개를 들며 눈을 감고서 이렇게 말했다.

"히미코를, 신도가 아니라 히미코라고 불러주시겠어요?!"

한순간의 정적.

"……역시, 아무것도 아니에요."

히미코는 귀까지 벌게져서 고개를 숙이고 말았다.

──이건 어떻게 받아들이면 좋을까……?

과년한 아가씨가 얼굴을 새빨갛게 물들이면서까지 자신을 이름으로 불러 달라고 한다.

아츠시도 이것은 단순한 우정이 아니라는 사실쯤은 알았다.

게다가 흑요견과 싸웠을 때도, 그녀는 아츠시를 '아츠시 선배'

라고 불렀다.

　──하지만 흑요견 문제 때문에 그렇게 착각할 뿐일지도 몰라.

　냉정해졌을 때 딱히 그런 마음이 아니라는 사실을 깨달을지도 모른다.

　게다가 손님을 건드리는 것은 아무리 뭐라 해도 곤란하다.

　그렇다고 해서 지금까지 자신을 억눌러온 소녀가 있는 힘껏 쥐어 짜낸 용기를 못 본 척하기도 힘들다.

　몇 초쯤 고민한 뒤, 아츠시는 부드럽게 웃어주었다.

　"그럼, 또 가게에 와주겠어, 히미코 양?"

　"……으, 네! 아츠시 선배!"

　히미코는 배시시 웃었다.

　──뭐, 어쨌거나 이러면 됐나.

　특별히 고백받은 것은 아니다.

　아츠시는 친구라고 부르기에는 미묘한 거리를 유지한 채 보류하기로 결정했다.

　……그 옆에서 앨리스가 침통한 한숨을 흘렸지만, 아츠시는 깨닫지 못했다.

　커피점 '로코'에 귀중한 단골손님이 하나 늘고, 앨리스의 마음고생이 하나 늘어난 휴일 낮이었다.

제3장

계절과 동떨어진
산타클로스

the small wizard is

freeloading at

my coffee shop.

"우와, 벌써 내리기 시작했네……."

머리 위에 물방울이 떨어지기 시작하자 아츠시는 목소리를 높였다.

오늘 하늘은 두터운 구름으로 뒤덮였다. 그래도 집을 나섰을 때는 아직 빗방울이 떨어지지 않아서 '로코'에 도착할 때까지는 버티지 않을까 싶어 달려왔지만, 유감스럽게도 앞으로 몇백 미터를 남겨둔 곳에서 비는 기다리지 못하게 된 모양이다.

아츠시는 달리기를 포기하고서 가방 속에서 접이식 우산을 꺼내 들었다.

사람의 통행이 잦은 이 거리에서는 우산 하나도 그 나름대로 거추장스럽다. 그래서 내린다는 사실을 알아도 접이식 우산만 들고 다니기로 했다.

다만, 이 우산의 단점은 펴고 접기가 성가시다는 점이다.

펼치려고 하면 우산살이 몇 개인가 구부러져서 몇 번이나 다시 펴야만 한다.

계절은 본격적으로 장마에 들어서서 요 며칠 동안 계속 이런 날씨였다. 예보에 따르면 앞으로 일주일은 비가 이어질 것이라

한다. 부탁이니까 일기예보가 어긋나기를 원했지만, 하느님이라는 존재는 덧없는 바람에는 응해주지 않기 마련이다.

──그나저나 이럴 때는 어느 종교의 하느님을 찾아야 할까……?

머릿속에 확 떠오른 광경은 구름에 위에 탄 도깨비의 모습──감기약인가 무언가의 CM 캐릭터다[*]──였지만, 그 도깨비에게 기원하면 희희낙락 번개와 비를 내릴 것 같은 기분이 들었다.

이른바 석가님 같은 불교의 신이라면 날씨의 신 중 하나둘쯤 있을 법하지만, 구체적인 이름을 따지려니 짐작도 가지 않는다.

크리스트교의 예수라면 뭐든지 할 수 있을 법한 기분이 들지만, 아무리 그래도 신앙심 한 톨도 없는 아츠시의 소원을 들어주리라고는 도저히 여길 수 없다. 유일신 종교는 이럴 때 누구에게 기도할지 따지기가 성가셔서 하느님을 하나로 정하지 않았을까?

──아니, 하지만 크리스마스는 분명 크리스트교의 축제잖아?

크리스마스라면 본래의 형태와는 다를지도 모르겠지만, 일본인은 대체로 흥겨워한 적이 있을 터였다. 아츠시 역시 어릴 적에 선물을 받아서 설레었던 기억이 있었다. 그 경험을 신앙심이라고 주장하기는 힘들겠지만.

뭐든지 좋으니 가게에 도착할 때까지 날씨를 유지하게 해줄

[*] 카이겐 파머 주식회사의 마스코트 캐릭터 풍신(風神). 구름 위에 올라타 어깨에 짊어진 주머니에서 바람을 일으킨다

하느님이 누구인지 알고 싶었다.

그런, 푸념이라고도 현실도피라고도 할 수 없는 불평을 마음속으로 하면서, 마침내 접이식 우산을 펴는 데 성공했을 때였다.

우산을 쓰기 전에 머리 위로 무언가가 철퍼덕 떨어졌다.

"……이거 참, 이번엔 뭐야?"

새똥이라는 최악의 가능성을 떠올리면서 머리를 만지자 축축한 무언가가 철썩 붙어 있었다.

"산타클로스의 모자……?"

붉은 천을 하얀 솜으로 장식한 삼각 모자는 새끼손가락 정도라면 들어갈지도 모르는 크기였다. 크리스마스트리의 장식에 쓸 만한 물건이리라.

"왜 이런 시기에?"

크리스마스는 반년이나 전에 이미 끝났다. 여태까지 트리를 치우지 않았을 리도 없을 텐데.

머리 위를 올려다보아도 어디에서 떨어졌는지 알 수 없었다.

"……차가워!"

그런 행동을 하는 사이에 비는 기세가 늘어났다.

아츠시는 작은 모자를 손에 움켜쥔 채 '로코'로 발길을 재촉했다.

◇

안 그래도 '로코'에는 손님이 적지만, 날씨가 궂어지자 정말로 손님의 발길이 끊겼다.

젖은 옷에서 제복으로 갈아입은 아츠시는 미묘한 싸늘함에 몸을 떨었다.

가게 안에 있으면 습기는 그리 신경 쓰이지 않지만, 슬슬 에어컨디셔닝을 신경 써야만 한다. 습도가 높으면 덥게 느껴지지만, 기온 자체는 그렇지도 않아서 손님이 없어도……. 아니, 유일한 단골손님인 앨리스가 있다.

그녀가 감기에 걸리는 상황도 생각할 수 있다.

그래서 '로코'의 한구석에는 제습기가 열심히 움직이고 있었다.

새하얀 플라스틱 몸체는 가게의 미관을 무너뜨리는 구석이 있지만, 업소용 에어컨의 전기료에 비하면 이쪽이 꽤 부담이 적은 데다 위생상으로도 좋다. 이 가게의 에어 컨디셔너는 구식에 연비도 나쁘다.

그런 '로코'의 가게 안에서는 오늘도 앨리스가 늘 앉는 자리에서 독서에 힘쓰고 있었다.

시각은 오전 11시. 물론 평일이다. 초등학교는 오늘도 쉬는 모양이다.

——출석 일수 같은 건 괜찮나……?

요즘 들어 일주일에 두 번쯤은 학교에 갔었는데, 요 일주일쯤 또 그녀는 가게에 들어앉게 되었다.

역시 빗속에서 학교까지 가기가 억겁일까 생각했지만 본인에게 확인해본 적은 없다.

아츠시는 일말의 불안함을 품으면서도 커피 내릴 준비를 시작했다.

계량스푼으로 커피콩을 푼 다음, 뚜껑이 달린 커피밀에 집어넣었다. 커피밀에 뚜껑이 달리면 간 커피콩의 향을 즐기기 어렵지만, 파편이 튀어서 흩어지지 않으니 편하다.

물론 가정용 밀이라고 해도 콩을 갈기만 해서 대량으로 파편이 튀지는 않지만, 받침 접시에서 자연스럽게 흘러내리는 파편을 보면 가슴이 아프다.

그리하여 갓 간 콩을, 이번에는 방금 닦은 사이펀에 집어넣는다. 뒤이어서 하부의 플라스크에 물을 붓고 알코올램프에 올린다.

그 사이에 앨리스는 작은 가방에서 커다란 책을 꺼내 들고 테이블에 펼쳤다.

——항상 어디에서 저렇게 무거워 보이는 책을 가지고 오는 걸까?

그녀는 매일같이 저렇게 책을 펼치고 있는데, 아무래도 매번 다른 책을 가지고 오는 모양이었다. 그것이 한 달이나 되면 30권에 이른다. 아마 앞으로도 저렇게 새로운 책을 가지고 올 테니, 어쨌거나 어지간히 커다란 서고가 있으리라는 생각만 든다.

두서없이 그런 생각을 하는 사이에 뜨거운 물이 끓었다.

물이 진공관을 타고서 위쪽으로 올라간다. 그리하여 커피콩과 뒤섞인 액체를, 타이밍을 재서 가볍게 딱 한 번 머들러로 섞는다.

가슴이 후련해지는 향이 가게 안에 퍼졌다.

그 과정을 다시 한 번 반복하고 난 뒤, 아츠시는 사이펀을 알코올램프에서 내렸다.

히터로 데운 컵과 함께 앨리스에게로 서빙했다.

"드시죠. 오늘의 커피입니다."

제품명은 입 밖에 내지 않았다.

앨리스는 꾸벅 고개를 숙이고 나서 컵을 손에 집었다. 눈을 감고서 향을 즐기는 옆모습에 긴 속눈썹이 흔들렸다.

"이 상쾌한 향은 콜롬비아로군요. 상당히 오랜만인 거 같은 기분이 들어요."

"정답. 드디어 쇼타로 씨가 콩을 들여와 준 거 같길래."

점장인 쇼타로는 콩의 재고가 없어도 좀처럼 다음 콩을 발주하려고 들지 않는다.

차라리 이쪽 관리도 아츠시가 해야만 하지 않을까 싶은 생각도 들었지만, 그러면 경영이 완전 적자인 이 가게 장부와 마주해야만 한다. 아직 성인이 되기 전인 아츠시에게는 너무 부담스러운 이야기였다.

앨리스가 작게 한숨을 흘렸다.

"쇼타로 씨는 정말 곤란해요."

당사자인 쇼타로로 말할 것 같으면, 오늘은 가게에도 나오지 않고서 안쪽 대기실에 쓰러져 있었다.

듣자 하니 경마인가 뭔가로 지갑 속이 텅 비어버렸다고 한다. 그 남자도 아직 젊은이라고 할 수 있는 나이인데, 참으로 한심스러운 이야기지만.

그 사실을 여기에서 폭로해봤자, 앨리스가 커피를 맛있게 마실 수 없게 될 뿐이다.

소중한 단골손님의 평온함을 지키기 위해, 아츠시는 어깨를 으쓱이는데 그쳤다.

그런 다음, 앨리스는 카운터로 눈길을 주었다.

"그러고 보니 아까 전부터 신경 쓰였는데 저건 뭔가요?"

앨리스가 눈길을 향한 앞에는 작고 빨간 모자가 걸려 있었다.

여기로 오는 도중 머리 위에 떨어진 산타클로스 모자다.

"아아, 아무래도 누가 떨어뜨린 물건 같은데, 주인이 누구인지도 모르겠어서. 물기를 말릴 겸 저기에 걸어두면 떨어뜨린 사람이 알아차리지 않을까 싶었거든."

그렇다고 해도 하루에 한 사람이나 두 사람 정도의 손님만이 들어오는 이 가게를, 그 떨어뜨린 사람이 발견할 가능성은 천문학적인 확률이라는 기분도 들었지만.

아츠시는 쓴웃음을 지었다.

"뭐, 계절과 동떨어진 장식품이 늘었다고 쳐."

"그런, 가요……."

마음에 들었던 것일까? 앨리스는 잠시 모자를 주시했지만, 결국 아무 말도 하지 않고서 컵으로 시선을 되돌렸다.

──누가 떨어뜨린 물건이니까 남에게 줄 수는 없지만 같은 걸 찾아볼까?

아츠시도 그런 생각을 하면서 쟁반을 안고 카운터 안으로 돌아갔다.

그리하여 다 쓴 사이펀을 닦고 있노라니, 종소리가 울리고 가게 문이 열렸다.

"어서 오십시오."

"아츠시 선배! 또 왔어요! 엄청 젖었어요!"

다음으로 들어온 이는 교복 차림을 한 소녀였다.

히미코였다.

앨리스와는 대조적으로 활력이 옷을 입고 걸어 다니는 것처럼 발랄하게 웃는 표정을 띠우며, 무엇이 즐거운지 오늘도 동그랗고 커다란 눈동자를 반짝반짝 빛낸다. 고등학교도 옷을 바꿔 입을 시기인 모양인지 하복 차림이었다.

그 사건을 극복한 이후, 히미코는 언제든지 즐거워 보였다. 예전처럼 무리하는 분위기로는 보이지 않았다.

다만, 오늘은 평일이고 시각도 오전이다.

아츠시는 저도 모르게 어이없다는 목소리를 흘렸다.

"히미코 양, 아직 학교에 있을 시간 아니야?"

"땡땡이쳤어요!"

"……기운차게 대답하면 되는 게 아니잖아?"

"네에! 주의하겠습니다, 선배!"

본인이 말하기로는 고등학교 2학년이라서 놀 기회는 지금뿐이라는 모양이다. 조금은 내년 수험에 대비해야 한다는 생각이 들기도 하지만, 아츠시 본인이 성실함과는 거리가 먼 고교 생활을 보냈기 때문에 주의할 마음도 들지 않았다.

히미코는 그대로 카운터석에 걸터앉았다.

"선배, 오늘의 커피라는 걸 부탁해요."

"네, 알겠습니다."

앨리스와 같은 주문이다. 아츠시는 능숙하게 같은 커피를 준비했다.

히미코는 그 광경을 바라보면서 카운터에 교과서와 필기도구를 늘어놓았다.

"공부하려고?"

"훗훗훗, 히미코는 현명하니까 여기에서 공부하면 된다는 사실을 깨달았어요. 놀랍게도 이 방법을 쓰면 학교에 가지 않아도 학력이 떨어지지 않겠죠!"

"아니, 떨어지겠지. 뭣보다 출석 일수가 부족해져서 진급 못하게 될 텐데?"

"훗, 그것도 문제없어요. 어쨌거나 선생님께선 앞으로 14일의 여유가 있다고 하셨으니까요!"

"아직 여름도 되지 않았는데 14일 남았다는 건, 좀 곤란하지 않나?"

그렇다고는 하지만 아츠시도 그녀가 학교를 쉬었던 이유를 안다. 너무 강하게 탓하기엔 마음이 꺼려졌지만, 그래도 연장자로서 아무 말도 하지 않을 수는 없었다.

"이 상태로 쉬면 겨울까지 못 버틸 텐데?"

"그러면 여기에 취직하면 되니까 괜찮아요."

"여기가 그렇게 몇 명이나 알바를 고용할 수 있는 가게 같아?"

그 한마디를 듣고 히미코도 몸이 굳었지만, 이윽고 심각한 표정으로 이렇게 말했다.

"그럼, 역시 히미코가 가게에 드나들어서 조금이라도 매상 올리기에 공헌해야만 하지 않을까요?"

"됐으니까 제대로 학교에 가."

아츠시는 말다툼하는 사이에도 뜨거운 물과 커피콩을 휘저어 섞어서 커피를 완성했다.

"자, 드시죠. 오늘의 커피입니다——."

"아, 기다리세요. 히미고도 커피 이름을 맞혀보겠어요."

히미코는 킁킁 코를 울리면서 커피 향을 맡았다. 어쩐지 작은 동물이라도 바라보는 것 같은 기분이었다.

이윽고 컵에 입을 대더니 번뜩 양 눈을 부릅뜨며 이렇게 말했다.

"딱 잘라서, 블루 마운틴이에요!"

"틀렸어요. 오늘의 커피는 콜롬비아예요."

엄격한 말투로 중얼거린 이는 아츠시가 아니었다.

"커피의 제품명을 맞히려면 제대로 공부하고 나서 해야만 해요. 안 그러면 커피에 대한 실례예요."

무엇이 마음에 거슬렸는지 앨리스의 목소리가 언짢게 들렸다.

히미코는 그것을 깨닫지 못한 채 속 편하게 목소리를 높였다.

"대단해요! 앨리스는 작은데 커피의 제품명 같은 걸 아나요?"

"작다는 건 쓸데없는 말이에요."

지긋이 노려보아도——이것은 표정이 딱딱해서가 아니라 정말로 노려보는 모양이다——히미코는 아랑곳하지 않고서 웃어주었다.

"괜찮아요! 여자아이는 키가 작은 게 귀엽다고 아츠시 선배가 말했어요!"

"그런 말 안 한 거 같은데……."

앨리스가 한숨을 흘리면서 책을 덮었다.

"시끄러워서 독서에 집중할 수 없네요. 공부라면 제가 봐드릴까요?"

도저히 초등학생이 여고생에게 던질 만한 말이 아니지만, 히미코는 흥미롭다는 양 자리를 옮겼다.

"흐흥. 그럼 부탁해볼까요. 앨리스는 어느 과목을 잘하나요?"

"딱히 못 하는 과목은 없는데요."

"에헤헤, 그건 대단하네요. 그럼, 이 문제는 알겠어요? 좀 어려운데요?"

아무래도 히미코 나름대로 앨리스를 즐겁게 해주려는 모양이다. 결국, 이 두 사람은 사이가 좋은지도 모른다.

아츠시는 또 식기를 정리하러 갔지만, 얼마쯤 있다가 히미코가 떨리는 목소리로 아츠시를 불렀다.

"저기……. 아츠시 선배……?"

"왜 그래?"

아츠시가 눈길을 주자, 어째서인지 히미코는 안색이 창백해져서 몸을 부들부들 떨고 있었다.

"앨리스가 히미코보다 머리가 좋은 거 같은데, 어쩌면 좋을까요?"

"뭐……?"

무슨 소리를 하는지 이해하지 못한 채 아츠시가 어안이 벙벙해 하고 있노라니, 앨리스가 당연하다는 듯이 말했다.

"공부를 봐드리겠다고 했잖아요. 상대보다도 성적이 나빠서야 가르칠 수는 없죠."

믿기 어렵게도 앨리스는 고등학교 2학년 문제를 술술 푸는 것도 모자라 요점을 정리해서 히미코를 가르쳤다.

"그건 또, 대단하네……."

아츠시가 눈을 휘둥그레 뜨고서 말하자, 앨리스의 뺨이 살짝 붉게 물들었다.

"대단한 건, 아니에요."

"앨리스, 그렇지만 대단치 않은 걸 배우는 히미코의 입장은요?"

"정진하세요."

앨리스는 눈물짓는 히미코를 매정하게 뿌리쳤다.

——그렇게나 머리가 좋으면, 분명 학교의 수업이 지루할지도 모르겠네.

그렇다고 해서 여기에 들어앉아 있는 것은 칭찬받을 일이 아니지만, 저도 모르게 아츠시는 이해하고 말았다.

그러자 그 상황에서 생각했다.

——이 가게엔 왠지 몹쓸 인간만 모이는 거 같은 기분이 드는데…….

쇼타로와 동일시하면 안쓰럽겠지만, 앨리스도 히미코도 대수롭지 않게 학교를 땡땡이치는 몹쓸 아이들이다.

재수생인 자신도 남 말을 할 수는 없지만, 그렇기에 제대로 꾸짖어주어야만 한다고 생각한다. 아츠시는 쓴웃음인지 잘 모를 한숨을 흘렸다.

◇

처음으로 이변을 느낀 때는 정오를 넘긴 두 시경이었다.

정오를 지나면 아츠시도 휴식 시간을 한 번 얻을 수 있다.

식사를 하기 위해서다.

이곳은 월급이 짜지만 상미 기간이 지난 식재료를 마음대로 조리할 수 있어서 식비를 아낄 수 있다는 장점이 있었다.

살짝 버썩버썩해진 식빵에 양상추와 생 햄을 끼워 넣고 즉석

샌드위치(파니노)를 만들어서 대기실로 들어갔다.

이 사이에 쇼타로도 카운터에 나가 접객을 맡는다.

죽은 생선 같은 눈빛을 하고 있어서 어디까지 제대로 일을 수행할지는 수상쩍지만, 가게 안에는 앨리스와 히미코 두 사람의 손님뿐이다. 그녀들도 그리 빈번히 커피를 더 마실 리는 없으니, 15분쯤은 쇼타로에게 맡겨도 괜찮으리라.

커피를 한 손에 들고 샌드위치를 절반쯤 먹었을 때였다.

찰팍찰팍하고, 무언가 작은 소리가 들렸다.

"……? 발소리?"

대기실을 둘러보았지만, 딱히 이변은 보이지 않았다.

——쥐인가?

음식점에 있어서 쥐 따위는 존재해서는 안 되는 생물이다. 조만간에 쥐 구제약이라도 설치하는 편이 좋을지도 모른다.

그나저나 쇼타로는 그런 비위생적인 장소에서 잠도 오랫동안 푹 엎드려 있을 수 있구나 싶어서 오히려 감탄했다.

보고 배울 생각은 털끝만큼도 없지만.

그렇게 샌드위치의 마지막 한 조각을 입에 던져 넣으니 슬슬 휴식 시간이 끝날 무렵이었다.

아츠시가 식기를 정리해 일어서자, 쇼타로가 대기실로 돌아왔다.

"이봐, 아츠시. 카운터에 걸어 놓은 그건 네가 한 짓이야?"

"……? 아아, 산타클로스 모자말인가요? 누가 떨어뜨린 물건 같은데, 어쨌거나 저렇게 해두면 알아보기 쉬울 거 같아서요."

"……뭐, 떨어뜨린 물건인 건 틀림없겠지만."

"왜 그러시죠?"

혹시 쇼타로는 누가 떨어뜨렸는지 짐작 가는 바가 있을까?

아츠시가 고개를 갸웃거리고 있노라니, 점장은 아무것도 아니라며 의자에 털썩 걸터앉았다.

"아니, 별로 상관없어. 마침 좋은 기회일지도 모르고."

"무슨 얘기죠?"

아츠시는 눈살을 찌푸렸지만, 쇼타로는 또 테이블에 푹 엎드려서 움직이지 않게 되어버렸다. 아무래도 아직 도박의 실패에서 회복하지 못한 모양이다.

적당히 아츠시도 성가셔지기 시작했기에 식기를 안고서 가게 안으로 돌아갔다.

◇

카운터 안으로 들어가자, 쇼타로와 막상막하로 어두운 표정을 지은 히미코가 노트를 노려보고 있었다. 내용은 수학인 모양이었는데, 샤프펜슬을 쥐고서 여느 때와 다르게 진지한 모습이었다.

제아무리 평소 밝은 이 여고생이라 해도 초등학생에게 지면 생각하는 바가 있으리라.

"어쩐지 고전하는 거 같네."

"으으, 히미코, 성실하게 열심히 공부하겠어요."

"커피 더 줄까?"

"부탁해요……."

일단 이 가게에서는 커피 리필을 무료로 제공한다.

물론, 경영 상태를 고려하면 요금을 받고 싶지만, 이런 서비스는 단골손님을 획득하기 쉽다는 장점이 있다.

실제로 앨리스만큼은 아니어도 며칠에 한 번은 얼굴을 내밀어주는 손님도 몇 사람인가 나타나게 되었다. 게다가 몇 잔이나 커피를 마시면, 단것을 주문하고 싶어지는 것이 사람 마음이리라.

그런 부가 효과를 생각하면 결코 무계획적인 서비스는 아니다.

아츠시가 리필을 준비하고 있노라니, 히미코가 울먹이는 목소리를 질렀다.

"선배, 뭔가 단걸 먹고 시퍼요……."

좋아, 왔다, 하고 아츠시는 얼굴이 풀어지는 감각을 느꼈다.

"──안 돼요. 그 페이지를 마치고 나서 드세요."

아츠시가 고개를 끄덕이기 전에, 앨리스가 매섭게 말했다.

그녀는 창가 자리에서 독서를 계속하고 있었지만, 히미코의 공부 진척에까지 눈을 빛내고 있는 모양이었다.

"단걸 먹으면 두뇌 회전이 빨라지는데요?"

"지금 먹을 게 배 속에 들어가면 모처럼 높인 집중력이 끊어져버릴 거예요. 끝날 때까지 참으세요."

"으아앙!"

……대체 이 두 사람 중에서 어느 쪽이 연상일까?

아츠시도 머리를 싸쥐고 싶었지만, 금세 웃는 얼굴을 띠우며 이렇게 제안했다.

"그럼, 이러면 어떨까? 주문한 대로 오늘의 디저트——블루베리 무스인데——를 준비할 테니, 목표한 데까지 끝마치면 먹는다는 건."

그러면 히미코의 집중력도 올라갈 테고, 가게의 수입도 들어온다. 좋은 일투성이다.

그렇지만 히미코는 안색이 새파래졌다.

"그건 그것대로 반죽음 아닌가요?"

"뭐, 눈앞에 보상이 있어야 의욕이 생길 때도 있잖아?"

"아ㅇㅇㅇㅇㅇㅇㅇㅇㅇ!"

아츠시가 부드럽게 타이르자, 히미코는 비명을 지르면서 열심히 펜을 놀렸다.

아츠시는 그런 모습을 흐뭇하게 바라보면서 앨리스에게 고개를 돌렸다.

"앨리스도 뭔가 줄까?"

"……그럼 저도 블루베리 무스를 주세요."

앨리스는 그렇게 말하고 자리에서 일어서더니, 카운터석을 차지한 히미코 옆에 걸터앉았다.

아츠시가 히미코의 리필을 따르고, 두 사람 몫의 무스 케이크를 준비했다. 이 디저트는 미리 냉장고에 스펀지케이크를 준비해둔 다음, 그 재료를 그릇에 보기 좋게 담아 내놓는 것이다.

보기 좋게 담는 것도 그 나름대로 손은 가지만, 아츠시도 이 세밀한 수작업은 커피와는 또다른 느낌이라 싫어하지는 않았다.

디저트용 접시에 잼과 초콜릿으로 장식하자, 몇 분만에 두 사람 몫의 디저트가 완성된다.

그것을 두 사람 앞에 살짝 늘어놓았다.

다만 공부가 끝날 때까지 참아야 하는 히미코라면 모를까, 앨리스도 케이크에 손을 대려고 하지는 않았다.

"얼레? 앨리스, 안 먹나요?"

히미코가 이상하다는 표정을 짓자, 앨리스는 녹녹하게 노려보았다.

"히미코 언니에게 끝날 때까지 먹지 말라고 해놓고 저만 먹을 수는 없잖아요."

"앨리스, 굉장해요! 마치 엄마 같아요!"

"……제가 더 어린아이인데요."

"이런 작은 아이가 이렇게까지 배려해주는데, 히미코는 열심히 할 수밖에 없어요!"

앨리스는 떫은 표정을 띠웠지만, 히미코는 팔을 걷어붙이고 맹렬하게 노트와 펜을 놀리기 시작했다.

그 보람이 있었는지 10분도 채 안 돼서 그녀는 문제를 다 풀었다.

"다 했다! 크으, 잘 먹겠습니다!"

히미코는 기다릴 수 없다고 주장하는 양 스푼을 손에 집더니, 초콜릿 소스를 바르면서 입술로 옮겼다.

그 뺨이 단숨에 싱글거렸다.

"이 무스 케이크 마시써요."

"그러게요. 신기할 정도예요."

앨리스도 라벤더색 무스를 스푼으로 푸더니, 분홍빛 입술로 옮기고서 발그레 뺨을 붉혔다.

그 얼굴을 보자, 히미코도 배시시 얼굴을 싱글거렸다.

"앨리스도 그런 표정을 지으니, 제대로 초등학생 같네요!"

"평소엔 아니라고 하고 싶은 건가요?"

"어쩌면 무언가 저주에 걸려서 나이를 먹지 않게 돼서, 히미코보다 연상이 아닐까 의심했어요."

처억 지적하는 히미코의 모습을 보고, 앨리스는 어이없다는 표정을 지었다.

"남에게 제멋대로 망상을 품지 마세요."

"그치만, 앨리스는 마법사잖아요? 회춘쯤은 할 수 있어도 이상하지 않아요!"

"마법은 그렇게 만능이 아니에요……."

히미코는 말도 안 된다는 말을 하고 싶어하는 표정을 지었지만, 앨리스는 새침한 얼굴로 무스 케이크를 입에 옮겼다.

히미코도 그 광경을 곁눈질로 보며 무스를 스푼으로 펐다.

"으음! 아츠시 선배는 커피뿐만이 아니라 과자도 만들 수 있군요."

즐겁다는 양 히미코는 그렇게 말해주었지만, 아츠시는 고개를 옆으로 내저었다.

"아니, 이건 엄밀히 따지면 쇼타로 씨가 만드는 거야."

"헤……?"

아츠시의 대답을 듣고, 히미코는 귀를 의심하는 양 몸을 굽혔다.

그 반응에 앨리스도 어딘가 침통해 보이는 표정으로 고개를 끄덕였다.

"유감이지만, 사실이에요."

"그, 그럴 수가, 그 아저씨는 히미코랑 마찬가지로, 몹쓸 사람이라고 생각했는데!"

"그렇게까지 자신을 비하할 필요는 없잖아요?"

그 누구도 쇼타로를 변호해주는 자는 없었다.

아츠시는 어쩔 수 없다는 양 입을 열었다.

"양과자는 처음부터 만들면 상당히 시간이 드니까. 개점 전에 쇼타로 씨가 스펀지케이크를 준비해줘. 난 그걸 장식할 뿐이야."

"헤에에, 그럼 점장님이 내리는 커피도 맛있겠네요!"

"……아니, 커피는, 그게…… 그만두는 편이 좋을 거야. 절대로 주문하면 안 돼."

"저도 그만두는 게 좋을 거 같아요. 그 사람은 다른 요리도 지독해요. 어쩔 수 없으니 저는 스스로 밥을 짓게 되었어요."

그래서 더더욱 양과자만 맛있다는 점이 불가사의하다.

히미코도 두 사람의 충고받고서 아연해졌다.

"그럼 왜 그 사람은, 점장님 같은 걸 하는 건가요?"

"……상속받아서 어쩔 수 없이, 아닐까요?"

앨리스는 기가 막힌다는 소리를 흘리며 고개를 내저었다.

히미코도 전전긍긍했지만 이윽고 고개를 갸웃거렸다.

"으음? 하지만 앨리스는 점장님 때문에 스스로 밥을 짓게 되었다니, 혹시 점장님의 따님인가요?"

"……아니요, 조카예요. 쇼타로 씨는 아버지의 형에 해당해요."

"어, 그랬구나."

그 얘기는 아츠시도 처음 들었다. 보호자라는 소리를 듣기는 했지만…….

그 상황에 앨리스는 말하기 거북하다는 듯이 입을 우물거리고 말았다.

히미코도 깊게 파고드는 질문을 해버렸다는 사실을 깨달았으리라. 양손의 검지를 휘감으면서 상태를 엿보듯이 중얼거렸다.

"혹시, 물어보면 곤란한 질문이었나요?"

"딱히 숨길 만한 일도 아니니까요. 전 부모님이 세상을 떠나서, 쇼타로 씨 밑에서 생활하고 있어요."

히미코가 눈을 크게 떴다.

——역시, 그랬구나.

아츠시도 직접 들은 적은 없었지만 어렴풋이 알아차리기는
했다.

그렇지만 그 상황에 화들짝 놀란 이는 히미코 쪽이었다.

"앨리스, 이렇게 작은데 그동안 힘들었겠네요."

이미 양 눈에서 커다란 눈물 방울을 흘리면서 히미코는 중얼
거렸다.

이 모습에 앨리스도 당황한 목소리를 냈다.

"도, 동정해주길 바라는 게 아니에요. 게다가 이미 익숙해졌
어요."

"익숙해질 리가 없잖아요!"

히미코는 앨리스의 양어깨를 덥석 움켜쥐고서 여느 때와 다르
게 진지한 얼굴로 호소했다.

"히미코도 아빠가 없지만, 힘들고 쓸쓸한 마음은 익숙해지지
않아요. 이런 건, 시간이 흘렀다고 해서 괜찮아지는 게 아니라
고 생각해요."

"그, 그건……."

당황하는 앨리스를 어쩔 수 없다는 듯이 바라보더니, 히미코
는 살짝 그 작은 몸을 끌어안았다. 그리고 그 머리를 다정하게

쓰다듬었다.

"……으?"

"히미코가 못 미더울지도 모르지만, 앨리스를 정말 좋아해요. 이럴 때쯤은 어리광부려도 돼요."

앨리스는 풍만하게 부푼 가슴에 파묻혀서 복잡해 보이는 표정을 지었다.

그렇지만 싫어하는 기색은 없었다.

잠시 동안 히미코가 해주는 대로 그대로 있었지만, 이윽고 화들짝 제정신을 차린 모양이었다. 앨리스는 언짢게 히미코의 가슴을 움켜쥐었다.

"흐갹?"

"이 지방 덩어리로 질식시킬 셈인가요? 놔주세요."

앨리스는 홱 물러서듯이 히미코에게서 떨어졌지만, 그 뺨이 붉게 물들어 있었던 이유는 화 때문이 아니리라.

히미코도 그 이상은 추궁하지 않은 채 아츠시에게 고개를 돌렸다.

"아츠시 선배는 앨리스에 대해서 알고 있었나요?"

"아마 그러리라고는 생각했어. 우리 집도 비슷하니까."

히미코뿐만이 아니라, 앨리스도 눈을 크게 떴다.

"어, 아츠시 오빠도 그런가요?"

아츠시는 놀라움을 감추지 못하는 앨리스에게 고개를 끄덕였다.

"뭐, 이런저런 일이 있었거든……. 예전 일이야."

그것은 거짓말이 아니었지만 정확한 말도 아니었다.

그것은 그저, 떠올리지 않으려 할 뿐인 도피이기에.

고등학교 3학년 겨울날에 있었던 일이었다.

맞벌이인 양친이 드물게 나란히 휴일을 잡았다며 함께 외출하자고 꼬드겼다. 가족 여행은 아니었지만, 어느 백화점 사전 오픈 이벤트에 참여할 수 있게 된 것이었다.

다만, 고3이나 되어서 가족끼리 쇼핑을 가기는 부끄러운 데다 수험 시기이기도 해서 아츠시는 집에 남았다.

그 사건에 대해서 알게 된 것은 텔레비전에서 저녁 뉴스를 봤을 때였다.

양친이 갔던 백화점에서 화재가 발생했다.

한창 사람이 모이는 사전 오픈 도중이기도 해서 십여 명의 사상자가 나왔다.

그 사망자 중에 아츠시의 부모님 이름도 있었다.

현실을 받아들이는 데는 시간이 걸렸지만, 아츠시는 사건에 대해서 떠올리지 않으려고 공부에 몰두했다. 다만 그는 아직 자신의 몸에 일어난 이변을 깨닫지 못했다.

그 후로 반년.

완전히 마음을 정리했느냐고 하면 고개를 갸웃거릴 수밖에 없지만, 그래도 언제까지 웅크리고 있을 수는 없었다.

수험에도 실패해버린 아츠시는 지금, 이 작은 가게에서 일하고 있다.

——그러고 보니, 내 악력이 이상해진 것도 그 무렵부터야.

멀리 떨어진 자택에 있던 아츠시와 백화점 화재에 관계가 있으리라고는 여길 수 없지만, 시기상으로는 양친의 죽음과 일치한다.

이것이 의미하는 바가 무엇인지 지금도 모르겠지만…….

아츠시는 그런 생각을 떨쳐내려는 듯이 고개를 내저었다.

히미코가 충격받은 표정을 지었다. 이대로 내버려 두면 앨리스 때처럼 끌어안으려고 들 가능성이 있다.

"그럼, 히미코 양도 슬슬 접시를 치워줄까? 아직 공부할 게 남았지?"

이야기하는 사이에 무스 케이크 접시는 완전히 텅 비었다.

잼과 초콜릿 소스까지 깨끗이 다 먹으면, 만든 사람으로서도 어쩐지 기뻐진다.

그렇지만 히미코는 비명을 질렀다.

"히익, 또 공부해야만 하나요?"

"여기에서 공부하겠다고 말한 건 너인데…….."

히미코는 완전히 시무룩해진 얼굴로 다시 노트를 보았다.

이따금, 마음에 걸리는 양 아츠시의 얼굴을 들여다봤지만, 아까 전 이야기를 다시 되풀이해서는 안 된다는 분위기를 파악한 모양이다.

그런 식으로 몇 번인가 히미코의 시선을 받았을 때였다.

히미코가 오싹한 표정으로 몸을 굳혔다.

"왜 그래?"

"지, 지금 저기에 뭔가가……."

이에는 아츠시뿐만 아니라 앨리스도 일어섰다.

──흑요견──

친족이 보내는 매정한 처사 때문에, 히미코가 그 정령에게 쫓긴 것은 아직 고작 일주일 전이다.

"요전번의 그 녀석인가?"

아츠시가 경계심을 담아서 묻자, 히미코는 미묘한 표정으로 고개를 갸웃거렸다.

"아니, 어떠……려나요? 아마도, 그건 아니지, 싶은데."

아무래도 다시 흑요견이 나타나지는 않은 모양이다. 분명히 아츠시도 그때 같은 꺼림칙한 오한은 느끼지 않았나.

만약을 위해서 앨리스에게도 눈길을 주었지만, 그녀도 고개를 옆으로 내저을 뿐이었다.

앨리스도 눈치채지 못한 모양이다.

"뭔가 보였어?"

아츠시는 그녀들과는 다르게 마법의 재능이 없었다. 평범한 사람의 눈에는 보이지 않는 것은 평범하게 보이지 않는다.

히미코는 심각해 보이는 표정으로 중얼거렸다.

"어쩐지 작은 게 달려간 것처럼 보였는데요……. 혹시 어쩌면 단순히 잘못 봤을지도 몰라요.”

“어, 설마 쥐인가?”

생각해 보니 대기실에서 휴식하던 때도 그 비슷한 소리가 들려온 것 같은 기분이 들었다.

역시나 히미코도 안색을 잃었다.

“선배, 아무래도 음식점에 쥐가 나오면 히미코도 큰일이라고 생각해요.”

“……용돈으로, 쥐 처리 준비를 해볼게.”

“아츠시 선배, 갸륵하네요.”

히미코가 내심 동정하는 듯이 중얼거렸다.

뭐, 음식점 점원이 실수라도 입밖으로 내서는 안 될 말이기는 했다.

앨리스도 알 수 없는 표정을 짓긴 했지만, 말로 표현할 만큼 명확한 위화감을 품지는 않은 모양이다.

결국, 그 후로 ‘로코’는 이상한 소리나 그림자가 보이는 일은 없이 폐점 시간을 맞이했다.

◇

밤 일곱 시. 일반 음식점에 비하면 조금 이를지도 모르지만, 이 시간이 되면 ‘로코’는 가게를 닫는다.

밖은 어둡고, 여전히 후드득후드득 비가 계속 내린다. 그리 거

세지는 않지만 우산을 쓰지 않고서 돌아가기는 어려우리라. 우산을 들고서 이 거리의 인파 속을 걷기란 상당한 중노동이었다.

아츠시는 조청빛 문을 반쯤 밀어 열고서, 틈새로 손을 뻗어서 간판을 'OPEN'에서 'CLOSED'로 뒤집었다.

문에서 내민 팔에 빗방울이 들러붙자 그것을 가볍게 털어냈다.

아침 열 시부터 폐점하는 밤 일곱 시까지가 아츠시의 근무시간이다. 그리고 한 번에 15분의 휴식 시간이 두 시간마다 네 번, 총 1시간을 뺀 여덟 시간이 월급 지급 대상이다. 시급 자체는 눈을 가리고 싶어질 만큼 낮았지만, 이만큼 일하면 웬만한 아르바이트와 그리 다르지 않게 된다.

점장은 일하지 않으니 부담도 크지만, 식사에는 곤란하지 않고 일 자체도 바쁘지는 않다. 사실 대우는 그리 나쁘지도 않았다.

"그럼."

아츠시는 목소리를 내고서 가게 안을 뒤돌아보았다.

이 시간이 되면 역시 쇼타로도 가게에 나와서 폐점 작업을 시작한다. 그렇다고는 해도 고작 금전출납기 집계 정도였지만.

아츠시도 지금부터 테이블과 주방, 바닥 등의 청소를 시작해야만 한다. 폐점 시간을 지난 가게 안에는 아무도 없을 터인데, 오늘은 아직 손님 한 사람의 모습이 남아 있었다.

"오늘은 상당히 늦게까지 독서에 힘쓰는구나, 앨리스."

창가 자리에서 묵묵히 앨리스가 독서를 계속하고 있었다.

시간을 깨닫지 못했던 것이리라. 아츠시가 말을 걸자, 앨리스는 화들짝 놀라서 고개를 들었다.

"죄송합니다. 무심코 책에 푹 빠져들었어요."

그런 다음, 미안하다는 듯이 아츠시를 올려다보았다.

"말을 걸어주셨다면 좋았을 텐데……."

"오늘은 히미코 양과 함께 있는 시간이 길었으니까. 어쩌면 독서 할당량이 끝나지 않았을지도 모른다고 생각했거든."

"딱히 할당량을 정하고 읽지는 않아요. 책은 즐겁게 읽는 거예요."

어딘가 자랑스럽게 작은 소녀는 이야기했다.

이러니저러니 해도 앨리스 역시 히미코를 걱정하는 것 같았다. 이 상태로 다른 사람과 관여할 기회가 늘어나면, 앨리스도 성실하게 학교에 가지는 않을까?

그런 생각을 하니, 시간쯤은 다소 쉽게 보고 만다.

어차피 그녀는 여기에 사는 사람이나 마찬가지니까.

앨리스는 두꺼운 책을 끌어안고서 일어섰다.

"사죄의 뜻으로 청소를 도울까요?"

"괜찮아. 이건 내가 할 일이니까."

"……네."

그런 다음, 무언가 안절부절못한 듯이 주위를 둘러보았다.

"하지만, 오늘은 어쩐지 차분해지지 않았어요."

"그래, 히미코 양은 소란스러우니까."

"아니, 그런 뜻이 아니라……."

아츠시가 고개를 갸웃거리자, 앨리스는 어딘가 겁먹은 음성으로 중얼거렸다.

"**무언가**가 있는 것 같은 기분이 들지 않나요?"

"무언가라니 설마······."

──유령──그런 단어가 뇌리를 스쳤지만, 아츠시를 고개를 내저었다.

"앨리스도 영감이 없다고 했잖아?"

"네. 유령은 본 적이 없지만, 그래도, 뭔가가······."

마법사 소녀가 겁을 먹자 아츠시도 불안해졌다.

──그러고 보니 히미코 양도 비슷한 소리를 했었지.

앨리스가 깨닫지 못할 정도니까 위험하지는 않으리라고 멋대로 굳게 믿었지만, 그녀가 마법사라고 해도 만능은 아니다.

어쩌면 비에 섞여서 '무언가'가 헤매 들어왔을 경우 또한 있을 법할지도 모른다.

그러자 그 상황에 쇼타로가 일어섰다.

아무래도 집계가 끝난 모양이다.

"그럼 뒷일은 부탁할게."

"······네."

전혀 분위기를 파악하지 못 하는 말을 듣고, 아츠시도 떫은 표정을 띠웠다.

그 모습을 보고 쇼타로는 무언가 장난이라도 떠오른 표정을 지었다.

"그러고 보니 그거 알아? 요즘, 묘한 괴담이 떠돌고 있어."

"괴담, 이라고요?"

"그래. 아무래도 오늘처럼 비가 내리는 날에, 찰팍찰팍, 찰팍찰팍 하는 발소리가 들린다는 거야. 그 발소리는 점점 가까워지는데, 그 녀석의 모습을 보게 되면——."

쇼타로는 으억 하고 목이 졸리는 흉내를 냈다.

"그 녀석은 랜턴을 들고 있다는데 말이지. 가까이 다가오면 거기가 흐릿하게 빛나 보이는 거야. 그러니 죽고 싶지 않으면 빛 방향을 보지 말래."

아츠시는 어이없다는 한숨을 흘렸다.

"악취미예요, 쇼타로 씨. 앨리스가 무서워하잖아요."

"아니요, 그런 일화의 요정이나 정령은 들은 적이 없으니까, 쇼타로 씨가 지어낸 이야기일 거예요."

쉽사리 앨리스는 그렇게 간파했다.

——역시 이렇게 허술한 이야기를 무서워하지는 않으려나.

아츠시도 괴담에 빠삭하지는 않지만, 이 자리에서 떠올려서 지어낸 이야기이리라고 생각했다.

쇼타로는 미안한 기색도 없이 어깨를 으쓱였다.

"그야 괴담이니까, 요정이나 정령과는 다르겠지."

"……어."

쇼타로로서는 그렇게 물러설 의도였겠지만, 앨리스는 오히려 안색이 새파래졌다.

그 모습을 깨닫지 못했는지 쇼타로는 한 손을 흔들며 가게 안쪽으로 떠나갔다.

아츠시는 앨리스의 곁에 섰다.

"……괜찮아, 앨리스?"

"괜찮아요. 귀신을 무서워할 만큼 전 어린애가 아니니까요."

의연하게 말하려 했겠지만, 작은 소녀는 아츠시의 제복 옷자락을 꽉 움켜쥐었다.

——의외네. 앨리스도 귀신을 무서워하는구나.

어딘가 초연한 소녀지만 이런 얼굴을 보면 흐뭇해서 얼굴이 풀어질 것 같았다.

그렇다고는 해도, 언제까지 그 모습을 바라보고 있을 수는 없었다.

아츠시는 되도록 부드럽게 말을 걸었다.

"청소가 끝날 때까지, 여기에 있을래?"

"……네."

허세 부리며 괜찮다고 말하려나 싶었지만, 앨리스는 얌전하게 그렇게 말했다. 아무래도 정말로 겁먹은 모양이었다.

——쇼타로 씨도 무책임하네.

명색이 보호자인데 앨리스를 너무 내버려 두는 것이 아닐까? 이 아이는 아직 열 살인데.

청소가 끝나면 아츠시도 집으로 돌아가겠지만, 하다못해 그때까지 곁에 있어주기로 했다.

아츠시가 청소를 시작하자, 앨리스도 원래 앉았던 자리로 돌아가 독서를 시작했다. 그 행위가 그녀의 마음이 가장 차분해지는 방식이리라.

주방쪽은 폐점 전에 대강 끝냈다. 그렇다고 해도 오늘 역시 손님은 앨리스와 히미코 두 사람뿐이었다. 닦기 청소쯤은 해야 한가함을 견딜 수 있다.

객석 테이블을 순서대로 닦으며 카운터에 광을 내려고 했을 때였다.

"──으, 뭐야?"

눈앞을, 작은 무언가가 가로지른 것 같은 기분이 들었다.

뚜렷하게 보이지는 않았지만, 작긴 해도 쥐는 아니었다.

그러나 아츠시가 몸을 굳힌 이유는 그림자가 보였기 때문이 아니었다.

──찰팍찰팍──찰팍찰팍──

빗소리에 섞여서, 분명히 그런 발소리가 들렸던 것이었다.

마치 쇼타로가 반쯤 농담으로 했던 괴담처럼.

──그건, 그냥 지어낸 이야기잖아?

그렇게 생각하고 싶은데, 앨리스가 겁먹은 모습이 떠오르고 말았다.

흑요견과 대치했을 때조차 그녀가 그런 표정을 지은 적은 없었는데.

——무언가가, 있는 것 같은 기분이 들지 않나요?——

그 이유는 괴담에 겁먹어서가 아니라, 그녀에게도 정체 모를 무언가가 이 가게에 숨어들었기 때문이 아닐까?

무심코 아츠시가 지른 소리를 듣자, 앨리스가 겁먹은 목소리를 흘렸다.

"아츠시 오빠, 무언가가 있었나요?"

"……아니, 아마도 잘못 본 거겠지."

겁주지 않으려고 그렇게 말했지만, 앨리스의 불안한 표정은 가시지 않았다.

현명한 그녀는 그 말이 거짓이라는 사실쯤은 금세 알았으리라.

카운터 위를 가로지른 그것은 주방 쪽으로 사라졌다.

아츠시는 먼지떨이를 움켜쥐고서, 신중하게 발걸음을 옮기며 돌아 들어갔다. 흘낏 보인 그림자는 손바닥에 얹을 만한 크기였는데, 커피 사이펀 그늘에도 숨어버릴 만했다.

정리했다고는 하지만 주방에는 냄비나 커피 용기, 커피밀 등 숨을 수 있는 물건이 잔뜩 있다.

더군다나 영업시간이 끝나면 이쪽은 조명을 꺼버린다. 어스름해서 쥐처럼 작은 그림자를 찾아내기는 어렵다. 그럴, 터였다.

어스름한 주방 안쪽. 커피콩을 보관하는 마대 자루가, 흐릿하게 빛나 보였다.

——그 녀석은 랜턴을 들고 있다는데 말이지. 가까이 다가오

면 거기가 흐릿하게 빛나 보이는 거야.——

마치 반딧불이처럼 흐릿한 빛.

그 빛은 분명 랜턴이 빛나는 것처럼 보이기도 했다.

그리고 갑작갑작 마대를 비틀어 열려고 하는 소리가 들렸다. 벌레나 쥐가 내는 소리처럼 여겨지지 않았다.

아츠시는 먼지떨이를 다시 움켜쥐었다.

무엇이 숨어들었는지는 모르겠다. 너무 섬뜩한 나머지 뒤로 물러서고 싶어지기도 했다.

그래도 그 빛은 오히려 자신의 위치를 가르쳐 주기도 했다.

——보면 목숨을 잃게 된다.——

자신의 목을 졸라 보이던 쇼타로의 모습이 뇌리에 떠올랐지만, 아츠시는 먼지떨이를 검처럼 겨누었다.

"거기다!"

그리고 먼지떨이를 내리쳤다.

손에 전해지는 확실한 감각과 함께 새된 비명이 들렸다.

"어……?"

아츠시는 오싹했다.

거기에는 랜턴을 든 작은 노인이 있었다.

추악한 얼굴이다.

크기는 정말로 손바닥에 얹을 정도인가. 땅딸막하고 팔과 다리가 짧아서, 장난감이 아닐까 의심하고 싶어지는 인간 형태를 하고 있었다.

——뭐지, 이건? 생물……인가?

소인이라고 불러도 될까. 작은 노인은 이를 보이며 화를 드러냈다.

아츠시가 놀라서 몸이 굳은 사이, 소인은 재빠르게 그늘로 도망쳐버렸다.

"아, 아츠시 오빠!"

"오면 안 돼, 앨리스."

역시 앨리스도 이변을 알아챘으리라.

아츠시는 제지하는 소리를 냈지만, 그녀는 달려와 버렸다.

그 때문에 아츠시도 저도 모르게 뒤를 돌아봐 소인에게서 눈을 떼고 말았다.

"어——."

그 순간, 소인이 뛰어나왔다.

아츠시가 아니라 카운터를 뛰어넘으려는 듯이.

——그렇게는 못 놔두지!

아츠시는 그 소인을 때려서 떨어뜨리겠다는 양 먼지떨이를 휘둘렀다.

그때였다.

"이봐. 왜 소란을 부리는 거야?"

카운터 안쪽에서 쇼타로가 고개를 내밀었다.

그 안면을 소인의 몸통박치기와 아츠시의 먼지떨이가 직격했다.

"으헉?"
양쪽에서 얼굴을 끼워 넣듯이 세게 때리자, 쇼타로는 벌러덩 뒤로 쓰러졌다.
"……아."
아츠시도 앨리스도, 그리고 노인까지도 아연해서 몸이 굳었다.

◇

"요정 톤투……?"
얼굴을 억누르면서 쇼타로가 입에 담은 이름을 듣고, 아츠시는 고개를 갸웃거렸다.
톤투라고 불린 요정은 카운터 위에 앉아 아츠시와 앨리스를 경계하듯이 올려다보았다.
밝은 곳에서 보니 이 요정도 딱히 무서운 얼굴을 하지는 않았다.
"그래. 이 녀석들이 좋아하는 건 우유죽과 커피콩인데, 이 녀석은 할아버지 대에서부터 우리 가게에 이따금 찾아오는 모양이야."
"죽과 커피라니, 이건 또 기묘한 조합이네요."

아츠시가 고개를 갸웃거리면서 앨리스에게 눈길을 주자, 그녀는 작게 고개를 끄덕였다.

"커피콩은 일찍이 이슬람 교권 등에서 약으로 취급될 만큼 신성한 식물이었어요. 그래서 커피를 좋아하는 요정도 많은데, 그중에서도 톤투는 핀란드의 커피 블렌드에서 상징으로 삼을 정도예요. ……저도, 본인은 처음 뵙지만요."

"그, 그랬구나……."

커피콩을 그렇게 신성시하는 지역이 있는 줄은 몰랐다.

그 때문인지 앨리스에게서는 요정에 대한 경의 같은 감정마저 느껴졌다.

아츠시는 뺨에 살짝 땀을 흘리면서도 냄비에 물과 쌀을 담아서 불에 올렸다. 이 가게에는 라이스 메뉴가 없어서 전기밥솥도 설치하지 않았다.

"그럼 여기에도 커피콩을 찾아서?"

"그렇다고 해야 할지, 저기 있는 모자는 이 녀석 거야."

"네?"

쇼타로가 가리킨 것은 카운터에 걸어놓은 산타클로스 모자였다.

분명 톤투의 키라면 딱 적당한 크기인 것 같지만…….

"하지만 이거, 산타클로스 모자인데요?"

"아츠시 오빠. 그들이 하는 일은 산타클로스 할아버지를 돕는 거예요."

어쩐지 자랑스러운 기색으로 앨리스가 가슴을 폈다.

아츠시는 직감했다.

——아아……. 이 애는 언제까지고 산타클로스를 믿는구나.

생각해보면 이 소녀는 아직 열 살이다.

앨리스는 뺨을 붉게 물들이며 말을 이었다.

"저도 산타클로스 할아버지 곁에서 일하는 톤투를 뵙게 되어 영광이에요."

앨리스는 그렇게 말하면서 걸려 있던 모자를 내려 작은 요정에게 건넸다. 요정이 모자를 눈 깊숙이 뒤집어쓰자, 노인의 얼굴이 가려져 그림으로 그린 것 같은 소인이 되었다.

톤투는 어린 소녀가 보내는 경의를 온몸에 받으며 곤란하다는 양 웃었다.

어쨌든지 간에 그는 이 모자를 되찾으러 온 모양이다.

"하지만 진작 그렇다고 말해줬더라면 좋았을 텐데, 어째서 숨는 거야?"

"뭘 모르시네요, 아츠시 오빠. 톤투는 산타클로스 할아버지의 심부름꾼이에요. 그러니까 남들 눈에 띄어서는 안 돼요."

"그, 그렇구나……."

아츠시는 무구한 소녀의 꿈을 부술 만한 말을 할 수가 없었다.

하지만, 하고 아츠시는 밀크포트를 풍로에 올려두면서 고개를 갸웃거렸다. 흰쌀은 딱 적당한 상대로 익었다.

"지금은 유월이야. 그런데 그는 대체 왜 이런 시기에 어슬렁거린 거지?"

산타클로스의 이야기는 둘째 치고, 앨리스의 이야기를 듣자하니 이 요정은 핀란드나 이슬람 교권 출신이라는 소리가 된다. 대체 왜 이런 곳에 있는 것일까?

그 의문에 답한 이는 쇼타로였다.

"이 녀석들은 손재주가 능숙해서 말이지. 특히 과자를 만드는 게 특기야. 상당히 평판이 좋았지?"

"헤에, 과자라고요. ……응? 평판이라니, 그게 무슨 소리죠?"

의문의 답은 금세 떠오르고 말았다.

아츠시는 부디 그렇지 않기를 바라듯이 떨리는 목소리로 물었다.

"설마 아니겠지만, 이 가게의 디저트를 준비해준 건 그인가요?"

쇼타로는 전혀 주눅 든 기색도 없이 고개를 끄덕였다.

"그야 그렇지. 내가 과자 같은 걸 만들 수 있을 줄 알았어?"

"유감입니다. 유일하게, 쇼타로 씨를 존경할 만한 점이었는데."

진심으로 낙담했다.

"뭐, 뭐야. 그렇게 경멸하는 눈으로 볼 건 없잖아? 자, 제대로 사례도 지불했다고. 커피콩을 한 스푼 퍼서 말이지."

쇼타로는 마대 안에 있는 커피콩을 스푼으로 푸더니, 작은 그릇을 꺼내 톤투의 앞에 내놓았다.

톤투는 크게 기뻐하며 커피콩을 손에 집었다. 산타클로스의 고깔모자가 즐겁다는 양 흔들렸다.

"정말 실망했어요. 산타클로스 할아버지의 심부름꾼에게 무슨 짓을 시키는 건가요?"

앨리스가 추가타를 가하자, 마침내 쇼타로가 무릎을 꿇었다.

"못하는 건 못하는 거니까 어떨 수 없잖아? 맛없는 밥을 내놓는 거보다 맛있는 걸 만들 수 있는 녀석이 만드는 게 낫잖아!"

"조금이라도 맛있는 요리를 내놓을 수 있도록 노력한 적은 있습니까?"

아츠시는 차가운 시선을 보내면서도 끓인 우유를 흰쌀이 든 냄비로 부어 넣었다. 냄비에 눌어붙지 않도록 휘저으면서 가볍게 한번 끓이자 부드러운 향이 가게 안에 퍼졌다.

아츠시는 냄비 안에 든 요리를 접시에 담더니 티스푼을 꺼내 톤투의 앞에 내밀었다.

"아까 전엔 심한 짓을 해서 미안해. 사죄의 뜻으로 만들어봤는데 어때?"

우유죽이었다.

톤투는 갈아먹다 만 커피콩을 내던지고서 접시로 달려들었다. 작은 요정에게는 티스푼도 국자처럼 커다랬지만, 그는 기쁜 듯이 우유죽을 입에 옮겼다.

그런 다음, 아츠시에게 고개를 돌리고서 씨익 웃어주었다.

아무래도 용서해준 모양이었다.

행복해 보이는 요정을 보고서, 앨리스도 한숨을 후우 내쉬었다.

"과연 아츠시 오빠예요. 센스가 있네요."

"아니, 원인을 따지자면 내 착각 때문이니까."

어스름한 주방에서 본 노인의 모습은 무서웠지만, 곰곰이 생각해보면 누구든지 어두운데 아래에서 빛을 비추면 섬뜩한 얼굴로 보인다. 그 광경을 공포심이 거들어서 지나치게 반응해버렸으리라.

이렇게 우유죽에 열중하는 모습은 사랑스럽기까지 했다.

톤투와 마주 웃고 있노라니, 기력을 잃었던 쇼타로가 일어섰다.

"하아……. 오늘은 액일이야. 경마에선 미끄러지고, 아츠시는 태클 걸고, 앨리스까지 날 구박하고……."

"그거, 늘 있는 일 아닌가요?"

"켁!"

쇼타로는 거친 발걸음으로 대기실을 향해 떠나갔다.

하지만, 하고 아츠시는 생각했다.

——톤투가 화내기 전에 중재하러 와준 거 같은데 지나친 생각인가?

산타 모자를 쓴 모습이야말로 사랑스럽지만, 이것도 흑요견과 같은 정령의 부류이다.

만약 그를 화나게 했더라면 아츠시는 과연 무사히 넘어갈 수는 있었을까?

그런 아츠시의 심경을 아는지 모르는지, 앨리스가 툭 중얼거렸다.

"쇼타로 씨도 참 곤란해요. 저 사람은 반듯하게 굴면 굉장한 데……."

"그래?"

앨리스의 입에서 그런 말이 나올 줄은 몰라서, 아츠시는 눈을 휘둥그레 떴다.

답하기 어려운지 작은 소녀는 뺨을 뽈똑 부풀리고서 중얼거렸다.

"저래 보여도 일단, 제 스승이니까요."

그 말은 전에도 들은 적이 있지만 아직도 믿을 수 없었다.

"어째서 쇼타로 씨를 스승으로 선택한 거야?"

"이 나라에서 마법사를 찾기란 쉽지 않았어요."

앨리스는 탄식하듯이 그렇게 말했다.

그 후, 문득 근본적인 의문을 깨달았다.

——하지만 그렇다면 쇼타로 씨도 앨리스처럼 마법을 쓸 수 있는 걸까……?

짚이는 점은 있다.

흑요견이 나왔을 때도, 그 전에 앨리스가 마법사의 일을 강요받았을 때도, 쇼타로는 넌지시 조언을 해주었다. 최저한이라도 마법 지식을 갖추어야 할 수 있는 일이리라.

아츠시가 아연해 있노라니, 톤투가 빈 그릇을 내밀었다.

"이런, 벌써 다 먹었나. 한 그릇 더 줄까?"

요정이 고개를 끄덕이는 모습을 보고서, 아츠시도 두 그릇째의 우유죽을 담았다.

그것을 톤투의 앞에 놓자, 그는 스푼을 들고서 아츠시에게 손짓했다.

"……? 왜 그래?"

요정은 지휘봉처럼 티스푼을 휘두르더니 새된 목소리로 노래하기 시작했다.

『I had a little husband, No bigger than my thumb, (내 남편은 귀여운 남편, 엄지손가락보다 작다네.)』

『I put him in a paint pot, And there I bade him drum. (그림 도구에 넣어서 북을 두드려달라고 부탁했다네.)』

『I gave him some garters To garter up his hose. (양말 대님도 주었으니 제대로 양말을 고정하세.)』

『And a little silk handkerchief To wipe his pretty nose. (작은 비단 손수건도 귀여운 코를 풀도록.)』

티스푼에서 반짝반짝한 설탕 같은 것이 흩뿌려지더니 아츠시의 머리 위에 쏟아져 내렸다.

"뭐, 뭘 한 거야?"

아츠시가 눈을 희번덕이자, 앨리스가 놀란 기색으로 입을 막았다.

"아츠시 오빠는 톤투에게 축복을 받은 거예요."

"축복······?"

"나쁜 것을 멀리하고, 보호해주는 주문이에요."

구체적인 내용은 잘 모르겠지만, 신사로 따지면 부적 같은 것을 받았으리라.

아츠시는 솔직하게 웃어주었다.

"그거 마음 든든하네. 고마워."

"······아츠시 오빠, 안 믿는 거죠?"

"그렇지도 않은데."

아츠시가 씁쓸하게 웃자, 앨리스는 검지를 세우며 이야기하기 시작했다.

"이 주문은 굉장하다고요. 같은 주문을 받은 기사가 커다란 물고기에 통째로 삼켜져도 살아남았는데, 어느 왕궁에서 요리사가 그 생선을 조리할 때 살아 돌아왔다는 일화도 있을 정도라고요."

"그건 또······ 동화 『피노키오』 같구나."

커다란 물고기라면 고래나 그 비슷한 종류일까. 그밖에도 아서 왕 전설에도 비슷한 이야기가 있었던 것 같은 기분이 들었지만 잘 떠오르지 않았다.

어쨌든지 간에 앨리스가 그렇게 말하면 사실인지도 모른다고 여겨졌다.

톤투는 놀라는 아츠시 일행을 아랑곳하지 않고서, 맛있다는 듯이 우유죽을 볼이 미어지게 먹었다.

계절과 동떨어진 산타클로스는 신기한 선물을 남겼던 모양이다.

제4장

마법사의 선물

the small wizard is freeloading at

my coffee shop.

7월 4일.

미국에서는 독립기념일이라는데, 영화 제목으로도 쓰였던 날이다. 일본에서는 지명인 나스의 날로 지정되었다고 하지만, 구체적으로 어떤 날인지는 아츠시도 모른다.

그 사건이 일어난 것은 그런 어느 날이었다.

생각해보면 그날은 아침부터 이상한 일투성이였다.

"……장마가 끝난 거 아니었나?"

머리 위에 물방울이 떨어져 내리자, 아츠시는 짜증스럽게 하늘을 올려다보았다.

이미 6월이 끝나고 7월에 돌입했다. 그와 함께 일기예보에서도 장마가 끝났다고 선언했지만, 하늘에는 음울한 비구름이 펴졌다.

마치 장마철로 되돌아간 것처럼 습한 날씨였다.

커피점 '로코' 앞에 걸린 낡은 간판도 어쩐지 나른하게 흔들렸다. 이 간판은 목제다. 차양 그늘을 쳐났다고는 해도, 장마 동안에 빨아들인 습기가 다 빠지지 않았으리라. 햇볕이 닿지 않는 부분은 흐릿하게 색이 바랬다.

아츠시는 한숨을 죽이며 가게 문을 열었다.

"안녕하세요."

시각은 오전 열 시. 지금부터 개점이기도 해서 가게 안에는 손님의 모습이 없었다.

이 시간에는 점장인 쇼타로가 개점 준비를 하고 있을 터였지만, 아직까지는 그가 성실하게 준비를 마쳤던 적이 한 번도 없다. 유일하게 제대로 준비하는 줄 알았던 디저트도, 그가 아니라 요정 톤투가 만들었다는 사실이 발각되었다.

그러니 아츠시는 제복으로 갈아입으면 우선 개점 준비부터 착수해야만 한다.

그럴, 터였다. 평소라면——.

"여어. 늦었잖아, 아츠시."

가게 안에는 이미 가게를 정돈한 쇼타로가 서 있었다.

평소는 칠칠치 못하게 풀어헤친 옷깃의 단추도 반듯하게 채웠고, 제복도 다리미질한 직후처럼 주름 하나 없다. 부스스한 머리카락도 정성스럽게 빗으로 빗어서 멋진 신사 같은 모습이었다.

무섭게도 상태가 이상한 것은 그뿐만이 아니었다.

그는 이미 금전출납기나 재고 점검 등의 개점 준비도 마친 모양인데, 그러면서도 카운터 안의 주방을 깨끗이 닦고 있었다.

이 남자는 누구냐, 하고 아츠시는 저도 모르게 자신의 눈을 의심했다.

평소라면 아침엔 의욕이 샘솟지 않는다며 카운터에 푹 엎드리는데.

"어, 어떻게 된 겁니까, 쇼타로 씨, 어디 아프세요? 괜찮으십니까?"

나중에 생각해보니 지극히 실례되는 언동이었지만, 아츠시는 심각하게 쇼타로가 이상해지지 않았나 의심했다.

쇼타로는 의아하게 눈살을 찌푸렸다.

"무슨 바보 같은 소리를 하는 거야. 냉큼 옷 갈아입고 와."

"네, 네."

아츠시는 어안이 벙벙하면서도 제복으로 갈아입기 위해 카운터 안쪽에 있는 대기실로 들어갔다.

그러나 그곳도 평소처럼 더러운 방이 아니었다. 책상 위에는 펜꽂이 정도밖에 없고, 커피 혹은 뭔가를 흘린 것 같은 얼룩도 깨끗이 지워졌다. 바닥도 닦은 모양이라 쓰레기 하나도 떨어지지 않았다.

환기도 제대로 한 모양인지 담배 냄새조차 남지 않았다.

믿을 수 없지만, 이것도 쇼타로가 했을까──아니, 또 요정들을 부렸을지도 모른다──그러나 복장까지 깔끔하게 차려입은 것은 스스로 했을 터였다.

등에 무언가가 쿵 부딪쳤다.

깜짝 놀라서 뒤를 돌아보자 대기실의 문이었다. 동요한 나머지 무의식중에 뒷걸음질을 친 모양이다.

무엇이 어떻게 된 것일까?

익숙한 풍경일 터인데 무언가가 달라서, 자신이 마치 매우 유사한 이세계에라도 섞여 들어와 버린 것 같은 기분이었다.

쇼타로가 반듯하게 구는 것은 그렇게나 받아들이기 힘든 현상이었다.

그래서 오늘은 이렇게 비가 내릴까?

──아니, 눈의 착각일지도 몰라.

날씨가 이렇다. 가게 안도 어스름하니 무언가를 잘못 볼 가능성이 있다.

이미 현실도피에 가까웠지만, 그 정도로 오늘 아침에 보인 쇼타로의 변모는 믿을 수 없었다.

재빠르게 옷을 다 갈아입고 카운터로 들어가자, 쇼타로는 아까 전과 마찬가지로 이번에는 가게 안의 테이블을 닦고 있었다.

아무래도 잘못 봤을 가능성은 덧없이 흩어진 모양이다.

머뭇머뭇 아츠시는 물었다.

"저기, 혹시나, 오늘은 뭔가 특별한 날입니까?"

현재 아츠시가 이끌어낼 수 있는 가능성은 그 정도뿐이었다.

설마 아니겠지만 지구가 멸망하는 날이기라도 한가? 만약 그렇다면 이 남자는 좀 더 한껏 게으름을 부릴 것 같은 기분이 드는데.

쇼타로는 어쩐지 말하기 거북하다는 듯이 시선을 피했다.

"오늘은 말이지, 그, 뭐라고 해야 할까, **그 애**의 생일이야."

"그 애라니요?"

쇼타로는 곤란하다는 양 목 뒤로 손을 대고 그 이름을 중얼거렸다.

"앨리스의 생일이야."

"……네?"

너무나 뜻밖의 대답이었다. 아츠시는 눈을 휘둥그레 떴다.

"그래서 그렇게 제대로 된 척을 하는 겁니까?"

"척은 뭐야. 내가 성실한 게 그렇게 이상해?"

"그건, 뭐……."

반사적으로 솔직하게 고개를 끄덕이고 말았다.

──하지만 쇼타로 씨에게도 보호자다운 구석이 있었구나.

아주 조금 안심했다.

아츠시는 가슴을 쓸어내리고서 비난하는 눈길로 쇼타로를 노려보았다.

"그렇다면 그렇다고 가르쳐주세요. 앨리스는 단순한 손님이 아니니, 저도 뭔가 선물하고 싶었는데."

그러나 그 말에 쇼타로는 화내지 않고 그저 한숨을 되돌릴 뿐이었다.

——역시 뭔가 이상해.

그런 다음, 그는 심각한 표정으로 이렇게 말했다.

"저기, 아츠시. 앨리스의 부모님에 대해서는 들었어?"

"……돌아가셨다는 건 알아요. 쇼타로 씨의, 동생분 내외였다고 하는 것도요."

만났을 적부터 그러리라고 짐작했지만, 요전 날 그녀의 입을 통해서 명확히 그렇게 들었다.

"……그렇구나."

쇼타로는 어쩐지 울적하게 고개를 끄덕였다.

마치 모르기를 바랐던 것처럼.

그런 다음, 어쩔 수 없다는 듯이 입을 열었다.

"앨리스에게서 어디까지 들었는지는 모르겠지만, 앨리스의 어머니는 원래 몸이 약해서 말이지. 그 애가 여덟 살일 때 세상을 떠났어. 그 뒤 곧바로 유지로——앨리스의 아버지도 죽어버렸지."

쇼타로답지 않은 우울한 목소리였다.

앨리스는 연이어서 부모를 잃은 것이었다.

잃는 괴로움을 두 번이나 맛보았다면, 한 번에 두 사람을 잃은 아츠시보다도 큰 고통일지도 모른다.

그리고 떠올렸다.

——앨리스가 웃는 얼굴을 본 적이 없어.

애당초 표정의 변화가 부족하기도 하지만, 그래도 기뻐 보이거나 언짢아 보이는 정도는 알아보게 되었다.

그런데 앨리스가 명확하게 웃는 얼굴을 띠운 적은 한 번도 없었다.

쇼타로는 가슴을 아파하는 아츠시에게 말을 이었다.

"유지로는 그 애에게 선물을 준비했던 모양인데, 아내에 이어서 그 사건을 당해서 무엇을 준비했는지 모르고 끝났어."

그 상황에 이어진 불온한 말을 듣고, 아츠시는 얼굴을 굳혔다.

"사건? 사건이라니, 어떻게 된 겁니까? 설마……."

앨리스가 마법사라는 사실을 알게 된 사건을 떠올렸다.

그녀는 의뢰를 거절해도 마법을 쓰라고 강요받았다. 받아들이지 않으면 죽이겠다고 협박을 받은 것이었다. 앨리스의 아버지도 비슷한 사건에 말려 들어갔을까?

쇼타로는 씁쓸한 표정으로 고개를 끄덕였다.

"이제, 반년 전쯤 되려나. 어느 백화점 사전 오픈에서 화재 사건이 있었는데 기억해?"

"──으."

그 이름을 듣고 아츠시는 표정을 옥죄었다.

그것은 그야말로 아츠시의 양친이 목숨을 잃었던 사건이기도 하기에.

"설마, 거기에 있었습니까? 앨리스의 아버지가?"

"……그래."

이것은 우연일까?

앨리스도 아츠시와 같은 때, 같은 사건으로 부모를 잃은 것이다. 그러나 신기하게도 놀라움은 적었다.

——그렇구나. 그래서 난 앨리스를 내버려 둘 수 없었던 거야.

항상 학교에 가지 않은 채 창가 자리에 앉은 앨리스의 모습을 떠올렸다.

초연하게 굴어도 어쩐지 나약하고 쓸쓸함을 참는 것 같아서.

당연하다.

아츠시도 아직 마음의 정리가 되지 않았는데, 그런 어린아이가 모든 것을 받아들일 수 있을 리가 없다.

그래서 내버려 둘 수 없었다.

아츠시는 쇼타로 쪽으로 방향을 틀었다.

"그래서, 그 아버지……, 아니, 선물은 어쨌습니까?"

앨리스의 아버지 일은 충격이었지만, 애당초 그 이야기를 하려던 것이 아니었을 터였다.

겸연쩍은 듯이 쇼타로는 머리를 긁적였다.

"아……, 뭐라고 해야 하나, 이제 와서 어쩔 수도 없는 일이기는 하지만, 어떻게든 안 되려나 싶어서."

"……? 잘 모르겠습니다만, 앨리스의 아버지가 준비했을 선물을 찾고 싶다는 말인가요?"

빙 에둘러 표현해서, 무슨 말을 하려는지 알 수 없었다.

정말로 앨리스의 선물을 찾고 싶다면 쇼타로에게는 간단하지 않을까? 산타클로스의 요정도 있으니까.

쇼타로는 고개를 옆으로 내저었다.

"내가 어린애의 선물로 진지하게 고민할 것처럼 보여? 내 성격에 안 맞아. 응. 난 아무래도 상관없어."

상당히 거슬리는 언동이었지만, 이 남자가 여봐란듯이 이런 소리를 할 때는 대체로 무언가 숨기는 일이 있다.

도저히 그렇게 보이지는 않지만 무언가 스스로는 찾을 수 없는 이유가 있을지도 모른다.

아츠시는 한숨을 흘렸다.

"요컨대 제게 그걸 찾아와달라는 겁니까?"

"이거 봐, 착각하지 마. 난 전혀 하기 싫다는 걸 강요하는 게 아니야. 너 역시 무리할 필요는 없어."

"……어쩐지 잘 모르겠지만, 찾아주고 싶지 않은 것도 아니죠? 찾는다면 저 역시 협력하겠습니다."

창가 자리에 눈길을 주었다.

오늘은 아직 오지 않았지만, 앨리스의 특등석이었다.

"마지막 선물이 있을지도 모른다는 말을 들으면, 어떻게 해서든 건네주고 싶잖아요."

그 대답을 듣자, 마침내 쇼타로는 씨익 웃음을 띠웠다.

"그 말인즉, 넌 유지로가 남긴 선물을 앨리스에게 건네주고 싶은 거야. 그게 틀림없겠지?"

"아까 전부터 그렇게 말하잖아요."

앨리스의 선물을 찾으라는 것 같긴 한데, 해주길 바라는지 그렇지 않은지, 이 끈덕진 의사확인은 뭘까? 수상한 계약서에 사인이라도 강요받는 기분이었다.

적당히 짜증스러워져서 아츠시가 노려보자, 쇼타로는 만족스럽게 몇 번이나 고개를 끄덕였다.

"좋아, 좋아, 너라면 그렇게 말할 줄 알았어."

그런 다음, 주머니 안에서 무언가를 꺼냈다.

"자, 이걸 가지고 가."

"우와, 던지지 마세요."

쇼타로는 아츠시의 대답도 기다리지 않고 그것을 던져서 넘겼다.

가까스로 받아들자 그것은 금색의 회중시계였다. 상당히 오래 쓴 모양인지 당초 모양의 장식까지 닳아버렸다.

"이건……, 항상 쇼타로 씨가 만지작거리는 회중시계잖아요?"

하루에 몇 번이나 태엽을 다시 감는, 낡은 황동 회중시계었다. 그러나 실제로 만져보기는 처음이었다.

——그보다 뚜껑을 여는 모습도 본 적이 없는 거 같은데?

고개를 갸웃거리면서 열어보자, 신기하게도 거기에는 짧은바늘과 초바늘이 없었다. 그저 분을 새기는 긴바늘만이 12를 가리키고 있었다.

안에서는 째깍, 째깍, 하고 작은 소리가 들려서 움직인다는 사실을 알았다.

"이건 뭡니까? 망가졌잖아요."

구닥다리라든가 고물이라든가 하는 차원의 문제가 아니다. 왜 쇼타로는 이런 물건을 매일 소중하게 태엽을 감았을까?

그러나 쇼타로는 고개를 옆으로 내저었다.

"망가지지 않았어. 그게 맞아."

쇼타로는 그렇게 말하고서 진지한 표정을 지었다.

"잘 들어. 제한시간은 그 바늘이 한 바퀴 돌 때까지야."

"자, 잠깐 기다리세요. 무슨 말입니까?"

갑작스러운 상황에 동요하는 아츠시의 손안에서, 회중시계의 바늘이 돌기 시작했다.

——이건 뭐지?

바늘은 반시계방향으로 돌고 있었다. 그것도 서서히 속도를 높여가더니, 마침내 눈으로 좇을 수 없을 정도로 빨라졌다.

그리고 느닷없이 서 있을 수 없을 만한 현기증이 덮쳐왔다.

"미안하군. 성가신 일을 떠맡기겠지만, 너라면 뭐, 어떻게든 되겠지."

마지막으로 들려온 것은 쇼타로의 그런 무책임한 말이었다.

"어, 어럽쇼……?"

현기증이 가시자 아츠시는 어째서인지 밖에 있었다.

본 적 없는 풍경……은 아니었다. '로코'의 앞 거리였다. 무의식중에 밖으로 나와 버렸을까?

그런 다음, 불현듯 한기를 느꼈다.

"눈……이라고?"

하늘을 올려다보자 폭신폭신한 가루눈이 내리고 있었다.

아침부터 비가 내렸다고는 해도 지금은 7월. 초여름이다. 기온 역시 20도를 넘었고, 겉옷을 입는 사람조차 없다. 이상 기후라고 쳐도 눈이 내릴 만한 계절은 아니었다.

──쇼타로 씨가 이상해져서 마침내 눈까지 내리기 시작했나?

갑작스러운 사태에 아츠시도 아직 동요한 모양이다. 반쯤 진심으로 그렇게 생각했다.

어쨌든지 간에 어쩐지 춥더라니. 아츠시는 '로코'의 제복 차림이었다. 몸을 떨며 팔을 쓸었다.

그런 다음, 자신이 그 긴바늘뿐인 회중시계를 든 상태라는 사실을 깨달았다.

여전히 초침은 보이지 않았지만, 귀를 기울이면 째깍째깍 시간을 새기는 소리가 들려왔다. 일단 움직이기는 하는 모양이다.

쇼타로는 대체 무슨 의도로 이런 물건을 넘겨주었을까?

그렇게 생각하고서 문득 떠올렸다.

——저래 보여도 일단, 제 스승이니까요.——

쇼타로의 마법사다운 모습을 본 적이 없지만, 그도 마법을 쓸 수 있다고 치면 이 회중시계도 무언가 의미가 있는 물건일지도 모른다.

무언가 장치라도 있을까 싶어 각도를 바꿔서 바라보려고 했을 때였다.

뚜껑 뒤에 무언가가 붙어 있다는 사실을 깨달았다.

"……? 뭐지?"

사각으로 접힌 종이쪼가리였다.

펼쳐보니 그것은 사진이었다. 부부처럼 보이는 젊은 남녀와 어린 소녀가 찍혀 있었다.

그 소녀의 얼굴을 보고서, 아츠시는 눈을 크게 떴다.

"앨리스……?"

잘 아는 얼굴일 텐데 확신하지 못한 듯이 그 이름을 중얼거렸다.

그것도 무리는 아니리라. 사진 속의 앨리스는 아버지에게 안겨서 눈부시게 빛날 만큼 웃는 얼굴을 띠우고 있었기에.

여태까지 본 적 없는 표정이다.

——앨리스도, 이렇게 웃을 수 있었나…….

그리고 이렇게 웃을 수 없게 되고 말았다.

원인은 아마도 아츠시와 마찬가지로 그 백화점 사건이리라.

그런 다음, 앨리스를 안은 젊은 남성을 보았다.

그가 앨리스의 아버지이리라. 이름은 유지로라고 했던가. 앨리스와는 그다지 닮지 않았지만, 눈가나 얼굴 골격 등은 쇼타로와 비슷한 특징이 있었다.

이를테면 성실해져서 차분함을 갖게 된 쇼타로라고 해야 할까.

……그것은 그것대로, 쇼타로의 생김새가 완전히 사라질 것 같은 기분도 들지만.

어머니 쪽은 옅은 금발이었는데, 앨리스의 한쪽 눈동자와 같은 녹색 눈이었다. 다정해 보이는 표정을 띠웠는데, 생김새도 어딘가 앨리스와 닮은 구석이 있었다. 백인은 체형이 크다는 인상을 품었는데, 상당히 작은 몸집이다.

그러나 쇼타로는 어째서 아츠시에게 이런 물건을 줬을까?

"어쨌거나, 쇼타로 씨에게 물어볼까?"

영문도 모르는 채 가게에서 내쫓겼다. 눈 문제도 포함해서 일단 추궁해보자.

그리고 가게 문에 손을 대자 어찌 된 영문인지 열리지 않았다.

"안 열려……? 아니, 임시 휴업이라고?"

어째서인지 조청빛 문에는 자물쇠가 걸려 있었다. 가게에 걸린 팻말은 'CLOSED'로 뒤집힌 상태고, 정중하게 임시 휴업이라는 종이까지 붙어 있었다.

"잠깐 쇼타로 씨, 문을 잠그고 안 들여보내 주다니 무슨 생각입니까?"

문을 두드리며 거친 목소리를 냈지만 안에서 사람의 기척은 나지 않았다.

쇼타로와 이야기를 나눈 것은 바로 조금 전이었는데.

그때가 되어서야 마침내 아츠시도 무언가 이상하다는 사실을 깨달았다.

아침부터 이상한 일이 이어져서 감각이 마비되었지만, 초여름에 눈이라니 어떻게 생각해도 이상하지 않나.

문득 주머니 속에 든 휴대전화의 존재를 떠올렸다. 휴대전화 화면에는 시각이나 날짜가 표시될 터였다.

무언가에 명령을 받은 것처럼, 아츠시는 폴더식 휴대전화를 열었다.

"농담……이지?"

저도 모르게 손에서 휴대전화가 손에서 미끄러졌다. 푸욱 소리를 내며 눈 위에 사각형의 구멍이 뚫렸다.

휴대전화 화면에는 12월 18일이라고 표시되어 있었다.

아츠시는 한 손으로 얼굴을 가리고 가게 벽에 기댔다.

――영문을 모르겠어.

오늘은 7월 4일이었을 텐데, 반년 가까이나 시간이 지났다. 이것도 무언가 마법인 것일까?

그런 다음, 화들짝 놀랐다.

"12월, 18일……?"

크리스마스 일주일 전이다.

그날은 '그 사건'이 일어난 날이 아니었던가?

아츠시가 황급히 휴대전화를 주웠다. 다행히 눈 위에 떨어진 덕분에 침수가 되지 않았거니와 깨지지도 않았다.

그러나 그것은 지금 아무래도 상관없다. 알고 싶은 것은 연도이다.

머뭇머뭇, 그 표시를 확인했다.

──2016년 12월 18일──

몇 번이나 다시 읽었지만, 역시 그렇게 표시되었다.

아츠시의 기억이 확실하다면, 지금은 2017년일 것이다.

그리고 깨달았다.

──12월의 도쿄에, 눈 같은 게 내릴 리가 없어.

북쪽 지역이라면 모를까, 이 거리에서는 한겨울에도 내리지 않는 것이 보통이다. 눈이 쌓일 때는 수년에 한 번 있을까 말까 해서, 물론 화이트 크리스마스 따위는 단순한 환상이다.

──하지만 작년엔 내렸어.

12월은커녕 11월에 첫눈을 봐서, 관측 사상으로도 54년 만의 기록이라고들 말했다.

어쨌거나 눈 속은 비와 다르게 걷기 힘들다. 쌓인 눈이 다리에 들러붙는 데다 녹기 시작한 그것이 신발 안까지 질척질척 적신다. 덤으로 기온도 낮아서 좀처럼 사라지지 않는다. 당시에는 통학할 때마다 고생했다.

그러나 자세히 기억하는 이유는 또 하나 있었다.

이 쌓인 눈이야말로 '그 사건'에서 사망자를 낸 원인이기도 하다.

긴급출동한 소방차는 이 눈 때문에 생겨난 정체에 가로막혀 화재 현장으로 늦게 도착하고 말았다.

그래서 이것이 그 무렵의 거리라고 확신을 얻었다.

그 말인즉——.

"시간이 지난 게 아니라——되돌아온 거야."

입 밖에 꺼내자 어쩐지 얄궂어서, 현실미가 없는 말이었다.

그래도 그렇게 생각할 수밖에 없다.

——저래 보여도 일단, 제 스승이니까요.——

다시 한 번, 요전 날 앨리스가 한 말을 떠올렸다.

그것이 사실이라면 쇼타로는 그 모양으로 앨리스보다도 굉장한 마법사라는 말이 된다.

시간을 되돌릴 만한 마법이 있다고 쳐도 이상하지 않다. 매일 기묘한 회중시계의 태엽을 계속 돌린 이유도, 이 마법을 준비하려던 것이 아닐까. ……그보다, 그런 식으로 자신을 이해시키지 않으면 정신이 나갈 것 같았다.

——하지만, 정말로?

갑작스럽게 믿을 수 없어서 앞머리를 쓸어 올렸다.

그런 다음, 다시 한 번 회중시계에 시선을 떨어뜨렸다.

다시 문자판을 보자, 긴바늘이 12에서 1로 전진했다. 바늘이 하나뿐이라서 알기 어렵지만, 아츠시가 동요하는 사이에 5분이 지났다는 뜻이리라.

──잘 들어. 제한시간은 그 바늘이 한 바퀴 돌 때까지야.──

쇼타로는 그렇게 말했다.

한 바퀴 돌면 무슨 일이 일어나는지는 모르겠지만, 그때까지 무언가를 해야만 한다는 뜻이다.

"앨리스의, 선물……?"

직전까지, 그것을 찾아달라는 이야기를 했다.

하지만, 하고 아츠시는 가슴에 망설임이 퍼졌다.

지금부터 무슨 일이 일어날지, 아츠시는 뚜렷하게 기억한다. 그 사건을 잊을 수 없어서, 그러나 받아들일 수도 없어서, 요 반년 동안 줄곧 발버둥 쳤던 것이다.

쇼타로는 앨리스의 선물을 찾아달라고 말했다.

하지만──.

──지금이라면, 아버지와 어머니를 구할 수 있지 않을까?

그뿐만이 아니다. 앨리스의 아버지──유지로 역시. 2016년 12월 18일은 그들이 목숨을 잃었던 날이니까.

그 사실을 깨달았을 때는, 아츠시는 뛰기 시작했다.

회중시계와 휴대전화를 움켜쥔 채, 그 화재가 일어났던 백화점을 향해서.

◇

다행이라고 해야 할지, 달리자 금세 몸이 따듯해져서 그다지 추위가 느껴지지 않았다.

다만, 눈 속을 달리기 힘들다.

발목을 잡히는 데다 주의하지 않으면 주위에 더러운 물을 튀기게 된다. 자신도 젖고 남에게 민폐를 끼치기도 해서, 어린 시절처럼 솔직하게 눈을 기뻐할 수 없다.

"꺅?"

발치를 보면서 달리던 아츠시는 옆에 있던 길모퉁이에서 훌쩍 뛰어나온 인영을 피할 수 없었다.

"아, 위험해!"

눈 속에서 엉덩방아를 찧으면 비참한 꼴을 당하리라. 아츠시는 엉겁결에 그 팔을 잡고서 지탱했다. 상대는 비틀거리긴 했지만 가까스로 쓰러지지 않고 끝났다.

부딪친 이는 여고생이었다.

"미, 미안해. 괜찮아……?"

"아니요, 저야말로 미안해요. 좀 서두르다가……."

아츠시는 소녀의 무사를 확인하려고 하다가 몸을 굳혔다.

"히미코 양?"

"헤?"

그 사람은 심홍의 머리카락을 가진 소녀였다.

아츠시가 자신의 이름을 부르자, 히미코는 곤혹스럽게 눈을 껌뻑였다.

"저기, 어딘가에서, 뵌 적이, 있었던가요?"

그렇게 말하더니 기억을 더듬듯이 아츠시의 얼굴을 뚫어지게 올려다보았다.

어쩌면 아츠시와 마찬가지로, '7월 4일'까지 있었던 일을 기억할지도 모른다는 기대도 했지만, 이 기색을 보아하니 기억을 가진 이는 자신뿐인 모양이다.

시간을 되돌렸다고 치면, 현재의 히미코는 아츠시와 면식이 없게 된다.

그런 다음, 아츠시는 깨달았다.

히미코의 뒤에 검은 안개 같은 것이 떠돌고 있다.

──흑요견인가?

처음 만났을 적과 마찬가지다.

지금의 히미코는 아츠시와 만나기 전이고, 흑요견에게 한창 노려지는 와중이다. 지금 뛰쳐나온 것 역시, 저것에 쫓겼기 때문은 아닐까?

아직, 히미코 자신은 흑요견의 존재를 깨닫지 못한 모양이지만.

——어쩌지?

아츠시는 최종적으로는 히미코가 구원받는다는 사실을 안다.

지금은 자신의 양친과 앨리스의 아버지를 구한다는, 무엇보다도 우선해야만 하는 사명이 있다.

그런데 아츠시는 히미코를 놔두고서 발걸음을 내디딜 수가 없었다.

히미코가 구원받는다는 사실은 알지만, 앞으로 그녀가 아츠시나 앨리스와 만날 반년 후까지, 계속 겁먹으면서 살아가야만 한다는 사실도 안다.

이러는 사이에도 회중시계의 긴바늘은 나아갔다.

멈춰 서 있을 수 있는 시간은 1초도 없다.

몇 초 망설인 끝에, 아츠시는 히미코의 어깨를 양손으로 움켜쥐었다.

"혹시, 넌 지금, 무언가에 쫓기고 있었던 거 아니야?"

"……으, 어, 어떻게 그걸?"

"난 너와 같은 고등학교 3학년인데, 쿠조 아츠시라고 해. 다음에 같은 일이 일어나면 찾아와. 힘이 되어줄 수 있을지는 모르겠지만, 상담에 응해줄 수는 있을 거야."

이 시간대의 아츠시는 아직 '로코'의 점원이 아니고, 고등학교도 졸업하지 않았다.

그녀를 내버려 둘 수는 없지만, 지금은 양친을 구하러 가야만 한다. 그러니 '과거의 히미코'는 '과거의 아츠시'에게 구해달라고 하자.

물론 이 시간대의, 과거의 아츠시는 앨리스와 만나지 않았다.

마법 같은 것도 모르고, 아마 흑요견도 보이지 않으리라.

그러나 히미코가 흑요견에게 습격당했던 이유는 그녀가 자기 자신을 긍정할 수 없었기 때문에 가족의 매정한 처사를 받아들이고 말아서였다.

그렇다면 곁에서 지지해준다면, 이 시간대의 아츠시도 분명 히미코를 구할 수 있으리라.

구할 수 없다고 치더라도, 히미코를 지켜주는 것쯤은 해줄 수 있다.

앞으로 반년 이상이나 이어질 소녀의 고통을, 조금이라도 누그러뜨려 줄 수 있으리라.

다름 아닌 자기 자신이다.

그 점만은 확신할 수 있었다.

하는 말의 의미는 전해졌을까? 히미코는 완전히 당혹한 표정을 지었지만, 더 이상 여기에서 멈춰 있을 수는 없었다.

"어, 저기, 저기!"

혼란스러워하는 히미코를 남겨두고, 아츠시는 달리기 시작했다.

◇

회중시계의 긴바늘은 3을 표시했다.

히미코와 서서 이야기하는 사이에 10분이나 지난 모양이다. 아직 백화점에 다다르지 않았는데.

그러나 시간을 낭비해버린 원인은 그녀와 재회한 것이 아니다.

──눈 같은 게 쌓이지 않았더라면, 좀 더 빨리 갈 수 있을 텐데.

눈에 발목을 잡혀서 전력으로 달리는데도 고작 경보 수준의 속도밖에 나지 않았다.

그런 데다 체력 소모는 격렬해서 금세 숨이 차올랐다.

혀 차는 소리를 흘리면서 다리를 움직이던 때였다.

"이거 봐, 아빠, 눈 토끼!"

어린 소녀의 목소리가 들렸다.

아는 사람 중 연하의 소녀는 앨리스와 히미코 정도뿐이다. 그리고 지금 들린 목소리는 두 사람 중 그 어느 쪽도 아니었다.

그럴 터인데 묘하게 익숙해서 아츠시는 발을 멈추고 말았다.

아츠시가 뒤를 돌아보자, 거기에는 분홍색 코트를 입은 작은 여자아이가 있었다. 기껏해야 초등학생 저학년쯤 되었을까? 앨리스보다도 어린 소녀다.

도보 구석에 남아 있던 깨끗한 눈으로 눈토끼를 만든 모양이다. 양손으로 감싼 둥근 눈 덩어리에는 귀 같은 돌기도 있었다.

본 적이 없을 터인데, 어째서인지 아츠시는 그 아이를 아는 것 같은 기분이 들었다.

그리고 소녀에게 '아빠'라고 불린 인물이 억겁처럼 뒤를 돌았다.

"미나, 아빠는 오늘은 일하러 온 거야. 놀고 싶으면 집에서 기다리라고 했잖아?"

그것은 아츠시도 잘 아는 얼굴이었다.

──사사쿠라 씨?

지금은 '로코'의 단골손님 중 한 사람이지만, 처음 만났을 때 있었던 일은 그다지 떠올리고 싶지 않았다.

그는 아츠시가 처음 마법이라는 것의 존재를 알게 된 사건의, 범인이었다.

자신 탓에 죽었다고 하는 딸을 되살리기 위해, 앨리스를 죽이겠다는 협박까지 해왔다.

아츠시가 아는 그보다도 젊고 차림새도 깔끔했지만, 어딘가 차가운 인상이 들었다.

딸을 잃기 전의 그는 이런 표정을 지었던 모양이다. 그렇기에 딸을 잃었을 때의 후회도 깊었으리라.

그 얼굴을 보고서 아츠시는 이 여자아이가 누구인지를 마침내 깨달았다.

──사사쿠라, 미나……?

"기, 기다려, 아빠……."

여자아이는 울 것 같이 목소리를 높이며 아버지 곁으로 달려갔다.

사사쿠라로 말할 것 같으면 딸을 기다리지 않고 서둘러 나아가려고 했다.

일이라고 했는데 바쁜 것이리라. 얼굴에서는 피로가 엿보였고, 무엇보다 분위기가 찌릿찌릿해서 조바심을 내는 것이 전해졌다.

바빠서 사생활을 즐길 여유가 사라졌으리라.

"──기다리세요!"

정신이 들었을 때는, 아츠시는 사사쿠라의 팔을 잡았다.

"넌 뭐지?"

사사쿠라는 당연히 수상쩍은 눈길을 보냈다.

──어쩌지? 면식도 없는데 불러 세우고 말았어.

잡아 세우고 나서 자신의 행위가 경솔했다는 사실을 뼈저리게 깨달았다.

그러나 여기에서 사사쿠라를 보내 버린 후, 그가 어떤 미래에 다다르게 될지 아츠시는 알았다. 알게 되어, 버린 것이다.

그래서 아츠시는 한껏 웃는 얼굴을 가장하고서 입을 열었다.

"따님을 기다려주지 않으면 넘어져버릴 거 같은데요?"

"······으, 너랑은 상관없잖아?"

단 한순간 후회하는 표정을 띠웠지만, 지금은 딸보다 일로 머리가 가득한 것이리라. 짜증 난 목소리로 대답했다.

그러나 아츠시는 주눅 들지 않았다.

"상관있어요. 제대로 따님을 봐주세요. 저 정도 나이의 아이는 언제나 부모가 그립기 마련이에요. ······그게, 제가 그랬거든요."

마지막에 마음뿐인 변명을 덧붙였지만 그다지 효과는 없으리라.

사사쿠라는 더더욱 짜증을 냈다.

"왜 새빨간 타인에게 그런 소리를 들어야만 하는 거지. 불쾌하군."

"새빨간 타인이라도 아는 게 있어요. 저 애는 제대로 봐주지 않으면 언젠가 큰일을 겪게 될 겁니다. 당신의 뒤를 따라가려고 하다가 사고를 당하거나, 그렇지 않으면 혼자 있을 때 위험한 꼴을 당하거나."

말하고 나서 자신이 트집을 잡는 것 같은 기분이 들었다.

딱 잘라서 딸의 신변에 일어나는 일을 전할 수 있다면 좋겠지만, 아츠시는 사사쿠라의 딸이 교통사고로 죽는다는 사실을 알아도 그 이상은 모른다.

이럴 줄 알았더라면 그 사건이 일어났을 때 제대로 된 죽음의 상황을 들어두어야 했겠지만, 이미 소 잃고 외양간 고치는 격이다.

그래서 적당한 가능성을 늘어놓을 수밖에 없었지만 스스로도 수상쩍다고 생각했다.

"적당히 해!"

마침내 사사쿠라는 호통치며 아츠시의 팔을 뿌리쳤다.

그 상황에 딸이 쫓아왔다.

"아빠, 왜 그래……?"

"······아무것도 아니야. 저 사람이 길을 물어봤을 뿐이야. 가자."

사사쿠라는 딸과 떠나갔다.

딸 쪽도 겁먹은 표정을 보낼 뿐이었다.

──원한을 샀을 뿐이구나······.

냉정하지 않았다고는 해도, 좀 더 다른 표현은 없었을까.

그저 짜증스러웠을 뿐일지도 모르지만, 그래도 이렇게 짜증나는 트집을 잡히면 성가시다는 생각쯤은 했을지도 모른다.

신호를 건너가는 사사쿠라는 딸의 손을 단단히 잡아주었다.

◇

커피점 '로코'의 남쪽, 고서점 거리를 더더욱 동쪽으로 빠져나간 장소에, 그 백화점은 있었다.

새하얀 벽면의 지상 8층 건물인데, 지하에는 주차장이 완비되어 있었다.

크리스마스부터 그랜드 오픈이라는 현수막이 여기저기 드리워졌고, 그 현관 입구에는 오늘 사전 오픈이라는 간판이 세워져 있었다.

아직 화재는 일어나지 않은 모양이다.

한창 사전 오픈 중이기도 해서, 입장객은 상당한 수에 이르렀다. 초대장 따위를 가지고 있지 않은 아츠시가 섞여드는 것도 그리 어렵지 않았다.

그러나 여기까지 와서 아츠시는 갈 길이 막혔다.

——어떻게 도우면 되지?

자신의 양친과 유지로를 구하고 싶다.

그러나 그러기 위해서 무엇을 하면 좋을까?

냉정하게 생각해보니, 그들을 구할 수단이 전혀 떠오르지 않았다.

——화재를 막아?

경비원에게 그 위험을 알리면 어떨까? 혹은 화재경보기를 울려보는 것이다.

그렇게 생각하고서 금세 허사라는 사실을 깨달았다.

초대장도 없는 아츠시가 아우성쳐봤자, 블랙 컨슈머 정도로만 여기리라. 오히려 그 소동으로 패닉을 일으킨 손님이 나와서 피해가 확대되어 버릴지도 모른다.

설령 믿어준다고 해도 그 후 원인도 모르는 화재를 막을 수 있을까?

아마 무리이리라.

——그럼 하다못해 피난하도록 설득할 수 있다면?

밖으로 데리고 나가거나, 혹은 피난하기 쉬운 장소까지 유도할 수는 있을 것이다.

지금부터 화재의 원인을 밝혀내는 것보다 훨씬 현실적으로 여겨졌다.

다만, 문제는…….

"이 안에서 부모님을 찾을 수 있을까?"

주위의 둘러보니 사람의 산이다.

가게 안은 로프로 구분되어 길을 순서대로 나아가야만 하게
되어 있다. 장사진이 생겨났고 늘어선 가게들에도 상당한 수의
손님이 들어가 있다. 손님의 흐름에 몸을 맡기는 것 말고 앞으
로 나아갈 방도는 없다.

이런 곳에서 화재가 일어나면 그야 사망자가 나오리라.

오히려 그 피해를 고작 몇 명의 사망자로 막은 가게 측 대응이
신속했던 것이다.

이런 곳에서 세 명이나 사람을 찾아야만 한다고 생각하니, 지
독한 고난에 꽁무니를 빼고 싶어 졌다.

──방송으로 불러낼까?

그러면 아츠시의 양친은 찾아낼 수 있을지도 모르지만, 앨리
스의 아버지는 어떻게 할 것인가.

호출을 하려면 아츠시도 이름을 대야만 한다. 아츠시의 이름
을 들어도 유지로는 와주지 않으리라.

게다가 제한시간이 있다.

회중시계를 꺼내 들자, 긴바늘은 이미 6을 가리키고 있었다.

남은 시간은 30분을 끊었다. 여기에 올 때까지 너무 시간이 많
이 걸렸다.

호출을 하려면 서비스 카운터에 가야 하나? 그러나 지금부터

거기를 찾아서 방송을 요청하고, 더 나아가 아츠시의 양친이 오길 기다리려면 그 과정에 얼마나 시간이 걸릴까?

서비스 카운터에 다다를 때까지 시간을 다 써버릴 것만 같았다.

회중시계를 의식한다. 그쪽의 제한시간도 있지만, 슬슬 정오를 지날 무렵이다. 화재가 발생한 정확한 시간이 언제인지 모르겠지만, 슬슬 일어나도 이상하지 않을 시간이기도 했다.

양쪽 제한시간 모두, 30분도 채 안 남았다.

그 안에 다다를 수 있는 장소는 고작해야 하나나 둘쯤이리라.

──아버지와 어머니는, 어디로 간다고 했었지?

그저 사전 오픈을 구경하러 간다는 말밖에 안 했을 터였다. 그들을 배웅한 날, 좀 더 자세히 들어두었더라면 좋았을 것이라고 새삼스럽게 후회했다.

하지만, 하고 아츠시는 깨달았다.

──유지로 씨는 앨리스의 선물을 사러 왔을 거야.

마구잡이로 돌아다니기보다, 일단 거기부터 생각해봐야 하리라.

앨리스가 기뻐할 만한 물건은 뭘까?

그리하여 떠올린 것은 '로코'의 한구석에서 두꺼운 책을 펼친 소녀의 모습이었다.

──앨리스가 기뻐할 물건이라고 하면, 혹시 책 아닐까?

성급할지도 모르지만, 순간적으로 떠오른 생각은 그것뿐이었다.

아츠시의 양친도 책에는 관심이 많았다. 둘 중 어느 한쪽은 발을 들였을지도 모른다.

바로 옆에 서점이 있었다.

——서점에서 호출 방송을 내보내고, 기다리는 사이에 유지로 씨를 찾자.

그게 지금 시간을 사용할 수 있는 최선의 방법이었다.

아츠시는 그렇게 생각하자마자 주위 손님을 밀어제치고 서점으로 발길을 향했다. 여기저기에서 불평하는 소리가 높아졌지만 상대할 여유는 없다.

다행이라고 해야 할지 서점은 비교적 가까이에 있었다.

서점으로 달려 들어가서, 일단 카운터로 향했다. 열 대 가까이 금전출납기가 늘어진 그곳에 수많은 서점 점원들이 있었다.

"실례합니다, 잠시 일행과 떨어져버렸는데 호출을 할 수 있을까요——."

아츠시가 그렇게 말하자 서점 점원은 곧바로 응대해주었다. 양친과 떨어졌다고 설명하자, 어쩐지 쓴웃음을 짓기는 했지만.

금세 백화점 안에 미아 안내 방송이 흘렀다. 짐작이 가는 사람은 서점으로 와달라고 하는 내용이었다. 고등학생이나 되어서 부끄러웠지만 신경 쓸 상황이 아니다.

"죄송합니다, 근처에 있는지 다시 한 번 찾아보겠습니다."

아츠시는 그렇게 말하고서 카운터를 떠났다.

회중시계 바늘은 벌써 10을 가리키고 있었다.

——앞으로 10분.

아츠시의 양친은 이 안내 방송으로 찾아낼 수 있을지도 모르지만, 유지로를 찾을 단서는 아무것도 없었다.

초조함에 시달려서 달리려고 했을 때였다.

"소중한 누군가에게 줄 선물로, 부디——"

그런 목소리가 들려오자 아츠시는 반사적으로 뒤를 돌아보았다.

보아하니 서점 한구석에 무언가 이벤트 코너가 마련되어 있었다. 별자리의 간판이 걸려 있었는데, 천체 관련 행사라는 점을 알았다.

행사라는 한마디에 아츠시는 자연스럽게 그쪽으로 발길을 향했다.

그 군중에 섞여서 아츠시는 숨을 삼켰다.

——찾았다.

거기에 앨리스의 가족사진에 찍혀 있던 남성이 있었다.

"유지로 씨!"

저도 모르게 소리를 지르자, 그 남성은 놀란 표정으로 돌아보았다.

"……저기, 누구였더라?"

그 반응에 아츠시도 제정신을 차렸다.

사사쿠라나 히미코 때도 그랬지만, 상대방은 아츠시에 대해서 모른다. 게다가 이번엔 아츠시 본인도 그에 대해서 잘 모른다.

남성——유지로는 곤혹스러운 듯이 아츠시를 보고서, 흠 소리를 내며 고개를 끄덕였다.

"그 제복은 '로코'의 점원인가?"

'로코'의 이름을 듣자, 아츠시는 문득 자신이 쥐고 있던 회중시계를 떠올렸다.

──이 사람은 쇼타로 씨의 동생이기도 했지.

아츠시는 회중시계를 내밀었다.

"저기, 이걸 본 기억은 없습니까?"

"……으, 이걸, 어디서?"

역시, 이 회중시계를 아는 모양이다.

작게 호흡을 가다듬고서 아츠시는 입을 열었다.

"쇼타로 씨의 심부름으로 왔습니다."

"형이, 이걸 쓴 건가?"

믿을 수 없다는 표정이었다.

그러나 아츠시의 말을 믿어줄 것 같았다.

"무슨 소리를 하는지 알 수 없을지도 모르겠지만, 지금부터 백화점에서 어떤 사건이 일어날 겁니다. 그래서──."

피난하세요──아츠시가 그렇게 말하려고 하자, 유지로는 그것을 손으로 제지했다.

"그건 아마도, 여기에서는 말하지 않는 편이 좋을 거야."

"하지만, 이제 시간이 없어요."

초조해 하는 아츠시의 모습을 보고, 유지로는 모든 것을 다 알았다는 듯이 고개를 끄덕였다.

"형의 심부름꾼이라면, 내 '일'에 대해서도 알고 있겠지? 괜찮아, 하고 싶은 말이 뭔지는 제대로 전해졌어. 뒷일은 내게 맡기면 돼."

유지로는 그렇게 말하고서 미소 짓더니 펜과 수첩을 꺼내서 무언가를 갈겨썼다.

"그 대신이라고 하기에는 뭣하지만, 한 가지 부탁을 들어주겠어? 이걸 딸에게 전해주면 좋겠어."

수첩 페이지를 찢더니 그것에 편지지를 곁들였다. 별자리 마크가 인쇄되어 있었는데, 아무래도 이곳의 이벤트에서 구입한 무언가라는 사실을 알았다.

유지로는 아츠시의 대답을 기다리지 않고서 그것을 손안으로 밀어 넣었다.

"부탁한다?"

"자, 잠깐──."

유지로를 불러 세우려고 한 순간, 가게 안에 방송이 흘렀다.

『손님 호출을 말씀드리겠습니다. 쿠조 아츠시 님, 쿠조 아츠시 님, 일행분이 기다리십니다. 서점 북카운터로 와주시기 바랍니다.』

심장이 크게 뛰었다.

──아버지와 어머니야.

아츠시가 그쪽에 정신이 팔린 순간, 유지로는 등을 보이며 달려가 버렸다.

"유지로 씨!"

불러 세워도 그는 멈춰 서지 않았다.

그를 쫓아가려고 했지만 아츠시의 발은 움직이지 않았다.

——부모님을 구해야 해.

서점 카운터로 향하자 거기에는 그리운 뒷모습이 나란히 서 있었다.

입을 열어도 곧바로 목소리가 나오지 않았다.

——살아 있어.

정말로, 다시 한 번 만날 수 있다니 믿을 수 없었다.

이윽고 그들은 아츠시를 알아챈 모양인지 뒤를 돌아보았다.

아버지와 어머니의 얼굴에 놀라움 어린 표정이 떠올랐다.

"아츠시? 정말로 온 거냐?"

"어떻게 된 거니? 오늘은 집에서 공부한다고 하지 않았어?"

그날 아침과 아무것도 변하지 않은, 평소 그대로의 목소리였다.

저도 모르게 눈물이 치밀어 오르고 입술이 떨렸다.

"아버지, 어머니……."

간신히 입 밖에 내자 그들은 쓰게 웃었다.

"왜 그러냐? 유령을 만난 것 같은 표정을 짓고."

"아츠시, 뭔가 무서운 일이라도 있었니? 울 것 같은 표정인데?"

걱정스럽게 아츠시에게 말을 걸었다.

고작 그뿐인데, 새삼스럽게 이 사람들이 자신을 사랑해주었다는 사실을 실감할 수 있었다.

──이제, 잃고 싶지 않아.

겨우 찾아냈다.

아츠시는 목을 움찔 떨며, 입을 열었다.

"아버지, 어머니, 내 말을 들어줘. 여기는 위험해. 피난을──."

말은 마지막까지 입 밖으로 낼 수 없었다.

째깍 하고, 회중시계에서 무자비한 소리가 들렸다.

회중시계의 긴바늘은 다시 12를 가리키고 있었다.

손안에서 회중시계의 긴바늘이 어지럽게 회전하기 시작했다.

회중시계에서 빛이 흘러넘쳤다.

시간이 원래대로 돌아온다는 사실을 깨달았다.

"기다려줘, 아직──."

아버지와 어머니의 모습에 손을 뻗었다.

조금만 더 하면 손이 닿을 참에, 그들의 모습은 지워지고 말았다.

"……손님, 왜 그러시나요?"

서점 점원이 의아하게 말을 걸어왔다.

눈앞에 부모님의 모습은 없었고, 걷는 손님의 모습도 반소매나 얇은 상의 등을 몸에 걸쳤는데, 복장이 변했다.

아츠시는 떨리는 목소리로 물었다.

"죄송한데, 오늘은 몇 월 며칠인가요?"

"……? 7월 4일입니다만."

"2017년, 말입니까?"

"네. 그런데요?"

겨우 손이 닿았다고 생각한 기적을, 아츠시는 놓치고 말았다.

◇

"다녀왔습니다…….."

집으로 돌아가자 거기에는 역시 차가운 침묵이 존재할 뿐이었다.

양친의 방을 열어보았다.

아츠시는 커피점에서는 성실하지만, 자택 청소에는 그렇게까지 의욕이 없다. 단독주택인 집은 혼자서는 너무 넓어서 손이 가지 않는 것이다.

게다가 섣부르게 물건을 움직여서 형태를 바꾸고 싶지 않다는 마음도 있었다.

그래서 이 방의 문을 여는 것도 실은 반년만이었다.

양친의 방는 먼지 낀 분위기가 감돌았다.

반년 전, 완전히 닫아둔 방의 공기였다.

여기에 이제 아무도 없다는 사실을 깨닫고 말았다.

방의 벽에 등을 기대고 주르륵 주저앉았다.

──난, 실패한 건가?

물속에 떨어진 먹물처럼, 그 실감이 마음속에 퍼졌다.

얼굴을 손으로 덮었다.

시간을 되돌린다는 극대의 기회를 부여받았으면서, 아츠시는 아버지도 어머니도 구할 수 없었다.

얼마나 그러고 있었을까?

문득 아츠시는 자신이 손에 움켜쥔 물건을 알아챘다.

──유지로 씨에게서 받은, 편지……? 앨리스에게 전해달라고 부탁받은 거야.

시간이 원래대로 돌아와도, 어찌 된 영문인지 그에게서 받은 편지지와 메모는 손안에 남아 있었다.

"앨리스……."

아츠시는 양친을 구할 수 없었지만, 유지로에게는 위기를 전힐 수 있었다.

어쩌면 그만이라도 살아 있지는 않을까?

그 가능성이 거기에서 일어설 기력을 주었다.

아츠시는 집을 뛰쳐나왔다.

◇

여기에서 '로코'까지는 걸어서 15분 정도 걸리는 거리이다.

그 15분이 안타까워서 달리자, 앞쪽에서 익숙한 얼굴이 걸어 왔다.

"아, 아츠시 선배!"

히미코였다.

"선배, 지금부터 근무 시간인가요? '로코'에 갔더니 선배가 없던걸요. 히미코는 쇼타로 씨의 커피를 주문할 용기는 없어서 돌아와 버렸어요."

아무래도 '로코'에서 집으로 돌아오는 길인 모양이다.

그러나 아츠시는 그 모습에 깜짝 놀라서 발을 멈추게 되었다.

붉은 머리카락의 소녀의 발치에는 검은 개가 바싹 달라붙어 있었다.

일찍이 만큼의 불길함은 느껴지지 않지만, 흑요견이 틀림없었다.

"히미코 양, 그 녀석은……!"

"……? 그림이 어쨌는데요?"

당황하는 아츠시와는 정반대로, 히미코는 마치 애견을 대하듯이 검은 개의 목을 만졌다.

"위험하지, 않아?"

"위험하다니, 무슨 일이 있었나요? 그림이 있으니까 히미코는 괜찮을 거 같은데요."

마치 흑요견이 지켜준다고 주장하는 듯한 말을 듣고, 아츠시는 격렬하게 곤혹스러워졌다.

　"자, 잠깐 기다려. 어떻게 된 거야? 흑요견이 널 노렸던 거……맞지?"

　그게 아츠시와 히미코가 만난 사건일 터였다.

　그렇지만 히미코는 더욱더 걱정스러운 표정을 지었다.

　"아츠시 선배, 혹시 어디 아픈가요? 좀 이상한데요?"

　아츠시는 평정을 가장하듯이 고개를 가로저었다.

　"미안해. 히미코 양, 그 개가 네 곁에 있는 이유가 잘 떠오르지 않는데 얘기해줄래?"

　"정말로 왜 그러는 건가요, 아츠시 선배……?"

　걱정스러운 시선을 보내면서도, 히미코는 이야기하기 시작했다.

　"그러니까, 작년 말에 아츠시 선배가 제가 말을 걸었잖아요?"

　그것은 아츠시가 모르는 과거였다.

　──아니, 알고 있을 거야.

　회중시계로 되돌린 과거에서, 아츠시는 히미코와 만났으니까.

　"그 후로 히미코는 타카미 이모에게 괴롭히지 말라고 말대꾸했는데, 그때 아츠시 선배도 격려해줬고, 그때 화난 타카미 이모에게서 절 구해준 게 그림이었잖아요."

　히미코와의 만남이 바뀌었기 때문일까?

　사건의 결말 그 자체가 크게 변했다.

　"아직 타카미 이모와는 좀 삐거덕거리지만, 이제 괴롭힘당하지도 않고 엄마와 다른 사람에게도 걱정을 끼치지 않아요."

"그럼 흑요견은 네 편이 된 거야?"

"아, 그 흑요견이라는 이름은 앨리스와 만나고 나서 처음 알게 되었죠. 어쩐지 다른 사람에게는 안 보인다고 생각했다니까요. 그림이란 이름도 그 애가 붙여줬죠."

깔깔 웃는 히미코를 보고서, 아츠시는 앨리스의 말을 떠올렸다.

——흑요견은 불길함의 상징처럼 말들 하지만, 아이를 지키는 수호신 같은 얼굴도 있어요.——

아마도 그것이 흑요견이 본래 존재하는 방식이리라.

——그렇구나. 앨리스가 관여하지 않았으니까, 흑요견도 퇴치되지 않은 거야.

사건의 전말이 바뀌어 박자목으로 흑요견을 물리친 사실도 변한 것이었다. 쫓겨나지 않았던 흑요견은 히미코를 지켜주게 된 모양이다.

"그렇구나…… 잘됐다."

"에헤헤. 전부 아츠시 선배 덕분이잖아요."

기분 좋다는 양 히미코는 웃었다.

그런 다음, 문득 아츠시의 뒤로 눈길을 주었다.

"아, **미나**, 야호예요."

그 이름을 듣고 아츠시는 눈을 부릅떴다.

──미나라니, 사사쿠라 미나 말인가?

반사적으로 돌아보자, 작은 여자아이가 아츠시의 곁을 달려서 지나갔다.

"히미코 언니, 안녕!"

"오오, 예의 바르네요. 착하다, 착해."

히미코가 머리를 쓰다듬자 여자아이는 기분 좋다는 양 눈을 가늘게 떴다.

그 상황에 조금 뒤늦게 남성의 목소리가 전해졌다.

"미나, 혼자서 너무 달리지 마. 아빠가 쫓아갈 수 없잖니?"

사사쿠라의 목소리였다.

뒤를 돌아보자 양복 차림을 한 남성이 이쪽으로 걸어왔다.

다만, 다치기라도 했는지 한 손에 지팡이를 짚고 있었다.

여자아이는 혀를 날름 내밀고서 사사쿠라의 곁으로 달려갔다.

"미안해, 아빠."

"괜찮아. 그보다, 아츠시에게도 제대로 인사를 하렴."

그런 말을 듣자 여자아이는 곤란하다는 듯이 아츠시를 올려보았다.

"아, 안녕, 아츠시 오빠……."

"안녕, 미나."

가까스로 그렇게 대답할 수 있었다.

아무래도 아츠시가 환각을 보는 것은 아닌 모양이다.

아츠시는 사사쿠라에게 눈길을 주었다.

"사사쿠라 씨, 그 다리는……."

"응, 아아. 마침내 목발을 졸업할 수 있었어. 그럭저럭 혼자서 걸을 수 있게 되었으니까. 슬슬 일에 복귀할 수 있을 거 같아."

그렇게 말하고서 자신의 다리를 두드렸다.

그런 다음, 어쩐지 그립다는 양 아츠시에게 웃어주었다.

"그나저나 곰곰이 생각해보니 네게 감사 인사를 하지 않았군."

"감사 인사를 들을 만한 일이 있었던가요?"

아츠시가 기색을 살피듯이 묻자, 사사쿠라는 우습다는 듯이 웃었다.

"언제였던가, 네가 미나를 제대로 봐주라고 혼내줬던 거 말이야. 그때는 마음이 거북했지만, 네가 그렇게 말해주지 않았더라면 난 이 아이를 잃었을지도 몰라. 네겐 감사하고 있어."

아츠시는 눈을 휘둥그레 떴다.

"그럼, 그 다리는 혹시……?"

"……? 전에 얘기한 거 같은데. 미나와 길을 걸었을 때 승용차가 돌진해 왔거든. 뭐, 늑골 정도로 끝나서 다행이야."

숨을 삼켰다.

──과거가 바뀌었어.

아츠시가 한 일은 허사가 아니었다.

──그럼 유지로 씨도?

그에게는 위기를 전할 수가 있었다.

고작 두세 마디 나누었을 뿐인 히미코나 사사쿠라가 구원받았다면, 그 사람 역시.

"죄송합니다, 잠시 급한 용건이 있어서 실례하겠습니다."

아츠시는 고개를 꾸벅 숙인 다음 달리기 시작했다.

◇

"앨리스!"

아츠시는 '로코'의 문을 열더니 그렇게 소리를 쳤다.

여전히 손님의 모습이 없는 커피점에서는 여전히 창가 자리에 작은 소녀가 두꺼운 책을 펼치고 있었다.

소녀는 이상하다는 듯이 고개를 갸웃거렸다.

"아츠시 오빠? 오늘은 휴일이 아니었나요?"

한순간 그녀와 만났던 과거가 바뀌어버렸나 싶어 초조했지만, 앨리스는 아츠시의 이름을 불러주었다.

쇼다로가 신경 써주었을까? 그렇지 않으면 이것도 과거 개변의 영향일까? 아무래도 아츠시는 휴가 처리된 모양이었다.

다만 그 상황에 또 어떻게 말을 꺼내야 할지 곤란해졌다.

유지로에게서 편지를 받아왔지만, 갑자기 이것을 보여주면 곤혹스러워할지도 모른다.

그렇다고 해서, '네 아버지는 살아계셔?' 하고 물으면 아무리 뭐라 해도 너무 무신경하리라.

그 후 주머니 안에 그녀의 가족사진이 들어 있다는 사실을 떠올렸다.

아츠시는 접힌 사진을 꺼냈다.

"이거, 소중한 게 아닐까 싶어서."

사진을 보여주자, 앨리스는 "아⋯⋯" 하고 목소리를 흘리며 입을 가렸다.

"이거, 우리가 **마지막**으로 찍은 사진이에요."

그 말을 듣자 아츠시는 눈앞이 캄캄해지는 감각이 들었다.

"마지막이라면, 즉⋯⋯."

"네. 이 사진을 찍은 뒤, 얼마 안 돼서 두 분 다⋯⋯."

어머니뿐만이 아니라 유지로도 세상을 떠났다.

아츠시는 얼굴을 손으로 가렸다.

"⋯⋯미안해."

"별로 이제 신경 쓰지 않아요. 아츠시 오빠가 사과할 일이 아니에요."

지금 한 말을 무신경한 질문에 대한 사죄라고 받아들이리라. 앨리스는 아무렇지도 않다는 듯이 그렇게 말했다.

그러나 그렇지 않았다.

아츠시는 유지로를 구하지 못했다.

그런 아츠시의 상태를 어떻게 받아들였는지, 앨리스는 사진을 소중하게 끌어안았다.

"일부러 건네주셔서 고맙습니다."

"……아니야."

감사받을 만한 일은 아무것도 없었다.

사사쿠라와 히미코를 구할 수 있었어도, 아츠시는 정말로 구하고 싶었던 사람들을 아무도 구할 수 없었다.

그 사실에 좌절하고 있노라니, 카운터 안쪽에서 아츠시를 부르는 목소리가 들렸다.

"여어, 아츠시, 돌아왔냐?"

"쇼타로 씨……."

"좀 할 말이 있으니 대기실로 와."

"……네."

쇼타로의 말을 따라 아츠시는 카운터 안으로 들어갔다.

뒤에는 앨리스가 혼자서 이상하다는 듯이 고개를 갸웃거릴 뿐이었다.

◇

아츠시가 대기실로 들어가자, 쇼타로는 의자에 앉으라고 재촉했다.

그런 다음, 어쩐지 미안하게 들리는 목소리로 중얼거렸다.

"속이는 것 같은 짓을 해서 미안하다, 아츠시."

"뭐가, 말인가요?"

"회중시계 이야기야."

"······으."

마법은 쓴 본인이기 때문일까? 그 말을 통해 그는 과거가 변하기 전의 기억을 가졌다는 사실을 깨달았다.

아츠시는 멍한 시선을 보냈다.

"······역시, 쇼타로 씨의 짓이었군요."

상황상 그것밖에 없다고 생각했으면서도, 역시 본인의 입을 통해 들을 때까지 확신을 가질 수 없었다.

아츠시는 손안에 든 회중시계에 시선을 떨어뜨렸다.

"전, 실패했어요. 제 부모님도, 유지로 씨도, 그 어느 쪽도 구할 수 없었어요."

양쪽 모두, 따스했다.

반년 만에 만난 양친은 아츠시가 영문 모를 소리를 해도 받아들이려고 했다.

앨리스의 아버지도 처음 만난 아츠시의 이야기를 들어주려고 했다.

그런데 자신은 정작 중요한 말을 전하지 못한 채, 결국 아무도 구할 수 없었다.

"어느 한쪽이라면, 구할 수 있었을지도 모르는데······."

양친이 있는 곳으로 가지 않고 유지로를 쫓아갔더라면, 어쩌면 유지로를 찾지 않고서 양친을 기다렸더라면, 그들에게 화재에 대해서 전할 시간이 있었으리라.

그런데 양쪽 모두 얻으려고 하다가 양쪽 다 놓치고 말았다.

자신이 절실히 싫어졌다.

쇼타로가 아츠시의 어깨에 손을 얹었다.

"……미안하다."

"왜 쇼타로 씨가 사과하는 겁니까?"

분명 쇼타로가 미리 제대로 설명해주었더라면, 좀 더 잘 할 수 있었을지도 모른다.

자신의 양친이나 앨리스의 아버지 역시 구할 수 있었을지도 모른다.

그러나 본래 존재할 수 없는 기회를 부여해준 이는 쇼타로다. 원망할 마음 따위는 털끝만큼도 없었다.

그래도 쇼타로는 미안하다는 듯이 말을 이었다.

"마법이란 건 말이지, 자신을 위해서는 쓸 수 없어."

"……네?"

언제였던가, 앨리스도 같은 말을 입에 담은 적이 있다는 사실을 떠올렸다.

그러나 왜 지금 그 말을 하는지 몰라서 아츠시는 눈을 끔뻑였다.

"헛수고야. 마법에 좋고 나쁘고는 없어. 마법사가 제멋대로 마법을 쓸 수 있다면, 세상은 엉망진창이 되어버리겠지. 그래서일까, 자신을 위해서 쓰려고 하면 어떻게 된 영문인지 잘 안

풀려."

어안이 벙벙해서 반쯤 사고가 멈춰버렸지만 아츠시는 조건반사처럼 물었다.

"마법을, 쓸 수 없게 된다는 뜻입니까?"

"아니, 그런 건 아니야. 마법 자체는 효과를 발휘하지만, 어떻게 된 영문인지 마지막에는 틀어져버려."

"……잘 모르겠는데요."

쇼타로는 심각한 표정으로 쓴웃음을 지었다.

"이를테면 자기 상처를 치료하려고 하면 낫고, 부를 얻으려고 하면 손에 들어와. 사람의 마음을 조종할 수도 있어. 그런데 또 같은 상처를 입거나, 쌓은 재산을 잃거나, 사람의 마음 따위는 말할 것도 없겠지. 인과응보일지도 몰라."

마법으로 얻은 기적은 일시적일 뿐이라는 뜻일까?

아츠시는 안색이 새파래졌다.

히미코는 그렇다 쳐도, 사사쿠라의 딸은 또 죽어버리지 않을까?

그런 동요를 꿰뚫어 본 것처럼, 쇼타로는 고개를 옆으로 내저었다.

"자신을 위해서 썼을 경우라고 했잖아? 남을 위해서 쓴 마법은 사라져서 없어지지 않아."

그런 다음, 카운터 방향으로 눈길을 향했다.

"앨리스가 우리 가게에 들어박혀 있는 것도 실은 그게 이유였어."

"그거라니, 앨리스의 부모님 문제 말인가요……?"

쓸쓸한 표정으로 쇼타로는 고개를 끄덕였다.

"저 애도 말이지, 자신을 위해서 마법을 쓸 수 없다는 사실을 이해하고 있어. 그렇다고 해서 저 나이에 부모를 잃었는데 수긍하라고 말해도 무리잖아?"

그래서 포기할 수 없는 앨리스가 현실을 받아들일 때까지, 쇼타로는 가게에 있어도 된다고 허락한 것이다.

"앨리스의 소원을 쇼타로 씨가 들어줄 수는 없었던 겁니까?"

이번처럼, 한 시간이라는 한정된 시간이기는 했지만 과거로 거슬러 올라갈 수 있는 마법사이다.

——그러기 위해서 매일 회중시계의 태엽을 감지 않았나?

구체적으로 어떤 의미가 있는지는 모르겠지만, 매일 몇 번이고 꾸준하게 같은 일을 반복해서 그 마법으로 이어진 게 아닐까 생각한다.

그만한 일을 할 수 있다면, 앨리스를 위해서 마법을 써줄 수는 없었을까?

아츠시의 물음을 듣고, 쇼타로는 곤란하다는 양 웃었다.

"나 역시 유지로 부부가 돌아와 주기를 바라는 마음이 있어. 나를 위해서인지 타인을 위해서인지, 그 경계가 모호한 마법이란 건 결국 자신을 위한 마법이나 마찬가지야."

그래서 그는 마법을 쓸 수가 없었던 것이었다.

그때, 아츠시를 과거로 보내기 전, 쇼타로가 끈덕지게 의사확인 비슷한 행동을 했다는 사실을 떠올렸다.

──앨리스의 바람을 이뤄주고 싶다.──

분명 그런 식으로 입 밖에 내서 명확히 할 필요가 있었으리라.

생각해보면 쇼타로는 이전에도 앨리스에게 '마법을 쓰는 규칙'을 스스로 정하라고 말했다.

그것은 자신의 바람과 타인의 바람을 명확히 하기 위해서였다.

다만 쇼타로는 몰랐던 것이다.

아츠시에게도, 그 시간에 이루고 싶은 소망이 있었다는 사실을.

쇼타로는 어깨를 늘어뜨리는 아츠시에게 말을 이었다.

"네가 구할 수 없었던 건 네 탓이 아니야. 내가 유지로가 돌아오길 바랐기 때문이지. 그러니까 신경 쓰지 마."

그리고 아츠시의 양친을 구할 수 없었던 이유는, 그것이 아츠시의 소망이었기 때문이다.

다만, 그렇다 해도…….

"저는 그 사람들을 구하고 싶었어요."

구할 수 있을지도 모르는데 구할 수 없었다.

쇼타로의 말대로라면, 분명 아츠시가 성공했다고 쳐도 결국에는 그들을 잃게 되었으리라.

다만, 그래도 아주 짧은 한때, 단 한 번 스쳐 지나갈 뿐이라고 해도, 다시 한번 앨리스와 그들을 만나게 해줄 수 있었을지도 모른다.

쇼타로는 의기소침해하는 아츠시에게 익살을 부리듯이 어깨를 으쓱였다.

"이거 봐, 그런 풀죽은 낯짝을 하지 마. 모든 게 다 잘 풀리지 않았을지도 모르지만, 넌 충분히 많은 걸 구했잖아?"

"…………."

쇼타로가 자신을 격려해준다는 사실은 알았지만, 아츠시는 솔직하게 그 말을 받아들일 수 없었다.

그 마음을 내다본 것처럼 쇼타로는 다시 한번 아츠시의 어깨를 두드렸다.

"넌 세 사람이나 구했어. 그러니 좀 더 가슴을 펴도 돼."

"세 사람……?"

사람 수가 맞지 않는 것처럼 느껴져서 아츠시는 고개를 갸웃거렸다.

——사사쿠라 씨와, 히미코 양과, 나머지는…….

"아아, 미나 말인가요?"

그녀가 죽은 과거는 사사쿠라의 상처와 맞바꿔서 사라졌다.

앞으로 사사쿠라 미나는 아버지와 함께 행복한 인생을 걷게 될 것이다. 분명, 구원받았다고 해도 좋으리라.

그러나 쇼타로는 고개를 옆으로 내저었다.

"아니야. 또 한 사람 있잖아?"

그것이 누구인지 아츠시는 알 수 없었다.

그밖에 구원받은 사람 따위는…….

"앨리스야. 넌 제대로 가장 중요한 목적을 달성했잖아."

앨리스의 생일 선물.
그러나 그것은 아버지의 생명과 맞바꿀 만큼 중요한 것일까?
쇼타로가 이해 못 하는 아츠시의 등을 툭 두드렸다.
"앨리스에게 건네줘. 그리고 너도 네 보수를 받아가."
"제, 보수요……?"
아무것도 이룰 수 없었던 아츠시에게 대체 무슨 보수가 있다
는 것일까?
쇼타로는 그 이상 아무 말도 하지 않은 채 가게 안으로 돌아가
버렸다.
아츠시는 주머니 안에서 편지를 꺼냈다.
유지로가 맡긴 메모와 편지다.
후회가 없어진 건 아니다.
그렇다 해도 앨리스의 아버지가 맡긴 이 선물을 앨리스에게
전해주어야만 한다.
탄식하고 웅크리는 것은 그 뒤에 하자.
아츠시도 마침내 거기에서 일어섰다.

에필로그　별의 노래

"도쿄에서도 별 하늘이 보이는 곳이 있군요."

이 계절에도 밤이 되면 아직 싸늘하다.

앨리스는 잘게 몸을 떨면서 앞머리를 쓸어 올렸다. 오늘도 한쪽 귀에서 드리워진 켈트 십자가 귀걸이가 달빛을 받아 빛났다.

"겉옷이 있는데 입을래?"

아츠시는 낡은 재킷을 앨리스의 어깨에 걸쳐주었다.

흑요견에게 습격당했을 때 몸을 지켜준 물건인데 그 과거도 바뀌었으리라. 옷에 송곳니 자국은 보이지 않았다.

"고맙습니다."

앨리스는 꾸벅 고개를 숙이고 겉옷에 팔을 집어넣었다.

작은 소녀에게는 옷자락이 무릎까지 닿는 크기라서 소매도 절반 가까이 남았다.

아츠시는 앨리스를 데리고 어느 산에 올랐다.

'로코'가 있는 거리에서 차를 타고 한 시간도 더 떨어진 장소인데——믿을 수 없게도 이번엔 쇼타로가 차를 태워주었다——도쿄에서 별을 볼 수 있는 곳이라면 여기밖에 없었다.

등산에 적합한 산이라 길도 잘 닦여 있다. 바비큐용 광장도 있어서 망원경을 설치하기도 쉬웠다.

여기까지 바래다준 쇼타로로 말할 것 같으면, 노동해서 지쳤다며 주차장에서 자기로 결정했다. 어쩌면 그 나름대로 앨리스의 조용한 시간을 지켜주려고 한 것일지도 모른다.

다행히 낮에 내리던 비가 마치 거짓말인 것처럼 하늘을 맑게 개었다.

망원경은 쇼타로에게서 빌렸다. 그의 것이라기보다 그 조부의 개인 물건인 모양이다.

다만 이런 물건은 아츠시도 처음 써보았다.

시계로 방향을 보는 방법을 조사하고 별자리표에 비춰보면서, 망원경의 각도와 방향을 조정했다.

별의 대다수는 실제로는 지구보다 훨씬 거대한 모양이지만, 지표에서 보면 단순한 점이다. 고작 1도도 되지 않는 오차라도 완전히 엉뚱한 방향을 보게 되고 만다.

앨리스가 설치하느라 부지런히 힘쓰는 아츠시의 모습을 신기하게 바라보았다.

"그런데 어째서 갑자기 천체관측을 하게 된 건가요?"

"뭐, 좀 재미있는 별을 볼 수 있다고 들었거든."

아츠시가 망원경을 만지작거리면서 시선을 떨어뜨리는 곳은 유지로에게서 받은 편지였다.

철석같이 앨리스에게 보내는 메시지이리라고 생각했지만, 여기저기 문의한 결과, 이것이 별자리를 보는 방법을 적은 안내서 같다는 사실을 알게 되었다.

앨리스는 역시 석연치 않다는 듯이 고개를 갸웃거렸다.

"별, 말인가요?"

그녀의 처지에서 보면, 모처럼 찾아온 생일에 예고도 없이 이런 산속으로 이끌려온 것이었다. 다소는 설명해주기를 바라리라.

——하지만 모처럼 주는 선물이니까 깜짝 놀라게 해주고 싶어.

그것도 반년 이상 간직한 소중한 선물이다.

이윽고 아츠시는 목적한 별에 망원경을 맞출 수 있었다.

"자, 다 됐어. 들여다봐."

"네."

아츠시는 재촉하듯이 앨리스를 망원경 앞에 세웠다.

지구의 자전 속도는 상당히 빠르다. 5분도 되지 않은 사이에 조준이 어긋나기 때문에, 서둘러 볼 필요가 있다.

앨리스는 살며시 망원경 렌즈를 들여다보았다.

"……예쁘네요."

그 목소리는 어딘가 도취한 것처럼 들렸다.

렌즈 너머에서는 새파란 항성이 빛나고 있으리라.

아츠시는 설명을 읽었다.

"그러니까, 헤라클레스자리 구상 성단이라고 하는데 그 이름대로 헤라클레스자리 주변에 밀집해 있는 별 중 하나인가 봐. 등급은 5등성이고, 공기가 맑으면 육안으로도 볼 수 있는 아슬아슬한 밝기의 별이래."

"뭔가 특별한 내력이라도 있는 별인가요?"

지금 해준 설명으로는 이 별에는 아무런 특징도 없는, 작은 별이라는 사실밖에 모른다.

아츠시는 고개를 끄덕였다.

"무척 특별한 별이야. 어떤 사람이 멋진 이름을 붙인 별이지."

"멋진 이름, 말인가요?"

앨리스가 망원경에서 고개를 들고서 살짝 고개를 갸웃거렸다.

아츠시는 그 눈동자를 똑바로 바라보며 이렇게 말했다.

"——Alice.——"

"네……?"

자신과 같은 이름을 듣고 앨리스는 눈을 휘둥그레 떴다.

"생일 축하해, 앨리스. 그 별은 네 별이야."

스타 네이밍 기프트라는 서비스가 있다.

천문학계에서는 매일같이 새로운 별이 발견된다. 그러나 그 대다수는 기호가 붙여질 뿐, 태양계의 혹성 같은 이름을 붙이지는 않는다. 시리우스나 알타이르 같은 고유 이름을 가지는 것은 1등급 수준의 특별한 별뿐이다.

그래서 그런 기호뿐인 별들에 이름을 붙여주는 서비스가 있다.

역시 정식 학술명으로 취급되지는 않지만, 천문대 등에서는 그 이름으로 등록된다.

그때, 아츠시가 만났던 유지로는 바로 그 수속을 마친 직후였던 모양이다.

그리고 자신의 미래를 알았기 때문인지, 아츠시에게 그 서류를 맡긴 것이었다. 개변 전의 과거에서는 화재로 그 서류가 사라져서 쇼타로도 찾을 수가 없었다.

아직 믿을 수 없다는 표정을 하는 앨리스에게, 아츠시는 유지로에게서 받은 또 한 장의 종이——수첩 메모를 읽어주었다.

"그거랑 유지로 씨……, 앨리스의 아버지에게서 메시지를 맡았어. 노래 같은데 난 멜로디를 모르겠으니까 그대로 읽어줄게."

그렇게 전제를 두고서 아츠시는 조용히 말했다.

『Twinkle, twinkle, little star, How you wonder what I am! (반짝 반짝 작은 별, 난 대체 누구일까!)』

『Up above the world so high, Like a diamond in the sky. (하늘에 높게 반짝이네, 마치 다이아몬드처럼.)』

『When the blazing sun is gone, When he nothing shine upon, (빛나는 석양이 저물고 불빛이 모두 사라져도,)』

『Then I show my little light, Twinkle, twinkle, all the night. (내 빛이 보이기 시작하네, 반짝반짝 밤새도록 빛나며.)』

『Then the traveller in the dark, blessing you for my tiny spark,

(어두운 밤을 걷는 여행자도 이 빛이 축복하네.)』

『you can see which way to go, because I twinkle so. (당신이 길을 잃지 않도록 내가 항상 비출 테니까.)』

『In the dark blue sky I keep, And often through my curtains peep, (남색 하늘에 내가 있고 커튼 너머에서 지켜보고 있어.)』

『For I never shut my eye, Till the sun is in the sky. (난 결코 눈을 감지 않아, 아침 해가 하늘에 떠오를 때까지.)』

『As my bright and tiny spark, Light the traveller in the dark. (내 작고 밝은 빛이 여행자들을 밝히지만.)』

『Though you didn't have to know I am, Twinkle, twinkle, little star. (당신은 내가 누구인지를 몰라도 돼. 반짝반짝 작은 별.)』

다 읽어보자 앨리스가 읊는 마법의 말과 비슷하게 느껴졌다.

혹시나 이것 역시 마법의 주문이었을지도 모른다.

그리고 마지막에 영문이 아니라 일본어로 적힌 한 문장을 읽었다.

"생일 축하해, 앨리스. 우린 언제든지 별과 함께 널 지켜보고 있어."

아츠시가 편지를 다 읽자 앨리스의 뺨에서 한줄기 눈물이 타고 내렸다.

"아, 빠⋯⋯."

어깨가 움찔 떨렸다.

아츠시는 그 얼굴을 보지 않고서 살며시 그녀의 어깨를 끌어안았다.

그 상황에서 참을 수 없게 되었으리라.

"으아아아아아아아아아아아아아아아아아앙!"

어린 소녀가 소리를 높여서 울었다.

——이러면 된 겁니까?

아츠시는 유지로에게서 맡은 것을 앨리스에게 잘 전해줄 수 있었을까?

밤하늘을 올려다보아도 그 대답은 되돌아오지 않았다.

잠시 시간이 지나고 울음을 그치자, 앨리스는 더듬더듬 이야기하기 시작했다.

"아츠시 오빠는 신기한 나라의 앨리스란 이야기를 아시나요?"

"물론이지, 유명한 동화잖아."

앨리스라는 여자아이가 정원에서 낮잠을 자고 있는데, 시계를 가진 하얀 토끼가 눈앞에 달려가는 광경을 본다. 앨리스는 그 하얀 토끼를 뒤쫓아서 나무 구멍을 들여다보다가 구멍 속에 떨어져서 신기한 세계를 모험하게 된다.

아츠시가 그렇게 대답하자, 앨리스는 작게 고개를 끄덕였다.

"저자 루이스 캐럴이 그 이야기를 지은 계기가 된 일이, 150년 전의 7월 4일——즉, 오늘 벌어졌다나 봐요."

"그래서 네 이름은 앨리스구나."

"……네."

부끄럽다는 듯이 고개를 끄덕이더니, 그런 다음 이렇게 말을 이었다.

"그중에 바다거북 수프라는 노래가 나와요. 하지만 그 노래는 사실은 '저녁별'이라는 노래인데, 별 부분을 수프로 바꿔 넣은 이상한 노래예요. 그 이야기를 듣고서 전 이 노래를 정말 좋아하게 되었죠. ……아빠는, 그걸 기억해주셨으니까."

그래서 별을 선물해주었으리라.

앨리스는 자신의 이름이 붙은 별을 올려다보았다.

산 위라고는 해도 여기도 도쿄다. 망원경 없이는 볼 수가 없지만, 그녀에게는 또렷이 그 푸른 별이 보이는 것이리라.

"저희 미법사에게 별이란 득벌한 의미가 있는 상징이에요."

마법진도 별을 그리는 것이니 당연하리라.

"아빠와 엄마는 무척 먼 곳으로 떠나갔지만, 지금도 절 지켜주신다는 걸 알아요. 그러니까……."

앨리스는 물끄러미 아츠시의 얼굴을 올려다보았다.

"아츠시 오빠."

"내가, 뭐 어쨌길래?"

아츠시가 고개를 갸웃거리자, 앨리스는 진지한 목소리로 호소해왔다.

"아츠시 오빠도, 이제, 무리하지 않아도 돼요."

앨리스는 눈을 휘둥그레 뜨는 아츠시의 옷소매를 꽉 움켜쥐었다.

"낮에 아츠시 오빠는 태도가 이상했어요. 무언가 힘든 일이 있었으리라는 것쯤은 저도 알아요. 그러니까⋯⋯."

"⋯⋯곤란하네."

생일을 축하하러 왔을 텐데, 오히려 걱정을 끼친 모양이었다.

──하지만, 그렇구나. 얘기해두어야 하겠지.

아츠시는 앨리스의 어깨에 양손을 얹더니, 그 눈동자를 똑바로 바라보며 입을 열었다.

"앨리스, 네게 해두고 싶은 말이 있어."

그때, 아츠시는 확실히 유지로를──앨리스의 아버지를 만났다.

조금만 더 하면 그들을 구할 수 있었을 텐데 구할 수 없었다.

그때 있었던 일을 분명히 전해야만 한다.

"반년 전, 12월 18일에 있었던 일이야."

"⋯⋯으, 네."

그 날짜를 듣자 앨리스의 표정도 갑자기 굳었다.

"그때, 난 그 백화점에서 화재가 일어나기 직전에, 네 아빠를 만났어. 하지만──."

구할 수 없었다.

쇼타로에게서 받은 기회를 허사로 만들고 말았다.

그 사실을 고백하는 데는 용기가 필요해서, 저도 모르게 말문이 막히고 말았다.

그렇지만 앨리스는 무슨 뜻인지 모르겠다는 표정을 지었다.

"저기, 아츠시 오빠."

어리둥절해 하며 고개를 갸웃거리더니 이렇게 말했다.

"백화점에서 난 화재라니, 무슨 이야기인가요?"

"어······?"

"12월 18일은 분명 아빠의 기일이에요. 그날 무언가 사고라도 있었나요?"

"무슨 일이 있었냐니, 백화점 화재 사건이 났잖아. 기억 안 나?"

앨리스는 역시 고개를 옆으로 내저을 뿐이었다.

그것두 모자라 오히려 이런 말을 해왔다.

"아빠는 병으로 돌아가셨어요. 화재가 있었다는 말은 못 들었어요."

갑자기 아츠시는 뒤로 물러섰다.

——백화점 화재가, 없었던 일이 되었어?

그러나 그렇다면 왜 유지로는 지금 여기에 없는 것인가?

그리고 왜 아츠시의 양친은 살아 있지 않은 것인가?

곤혹스러움이 깊어지는데, 문득 주머니에서 전자음이 울렸다.

휴대전화였다.

꺼내 들어보니 그 착신 상대는 믿을 수 없는 이였다.

"아버지……?"

어떻게 된 일인지 아버지의 이름이 표시되어 있었다.

그들이 세상을 떠난 후, 전화를 해약했을 터인데.

"아츠시 오빠, 안 받아도 돼요?"

전화는 지금도 계속 울렸다. 아츠시는 앨리스와 전화 사이에서 시선을 굴렸지만, 금세 전화를 열었다.

"미안, 잠시 전화를 받을게——……. 여보세요?"

고약한 장난인가, 그렇지 않으면 단순히 잘못 걸린 전화인가.

머뭇머뭇 전화를 받으니, 그 너머에서 그리운 목소리가 들렸다.

『아츠시, 지금 전화 통화할 수 있냐?』

"……아버지?"

그것은 잘못 들을 리가 없는, 자신의 아버지의 목소리였다.

『뭐야, 유령이건 전화라도 받은 것 같은 목소리를 내고.』

그때, 화재가 일어났을 백화점에서 재회했을 때와 같은 반응이었다.

"유령이라니…… 아니, 정말로 아버지야?"

『거짓말로 아버지를 사칭해서 어쩌자고.』

"그, 그럼 어머니는?"

『카나에 말이냐? 물론 같이 있지. 바꿔줄까?』

무슨 일이 일어났는지 아츠시는 이해할 수 없었다.

──그럼, 그 차가운 집은 대체 뭐였지?

자택에 그들이 있었던 기척은 없지 않았나.

침실도 먼지를 뒤집어쓴 상태였다.

"두, 두 분 다, 살아 있다면 대체 어디에 있는 거야?"

『어이, 멋대로 죽은 사람으로 만들지 마. 너, 피곤한 거 아니냐? 반년 전부터 해외에 전근하게 되었잖아.』

"전근⋯⋯."

아츠시는 모르는 현실이었다.

"왜⋯⋯."

이해가 따라가지 않아서 아츠시의 입에서 흘러나온 것은 그런 말이었다.

그 반응을 통해 무언가를 헤아렸는지, 아버지가 떠올렸다는 듯이 목소리를 높였다.

『맞다. 오늘 전화한 건 말이지, 어떤 인물이 오늘, 네게 전화를 걸어주라고 부탁해서야.』

"어떤 인물이라니?"

『아버지도 뜬금없이 그런 소리를 들었을 뿐이라서 자세히는 몰라. 이름은 분명——⋯⋯.』

『그래, 맞아, 미사카 씨야. 미사카, 유지로라고 했던가?』

"그거, 정말이야?"

『그래. 작년 연말에 백화점 사전 오픈 이벤트가 있었잖아? 거기에서 만났는데, 묘하게 필사적인 느낌이었거든. 어쩐지 무시할 수 없어서 걸어봤는데, 대체 뭐였던 거지? 넌, 무슨 의미인지 알겠냐?』

"아, 알겠어. 알겠지만, 어째서…….."

아버지는 곤혹스러워하는 아츠시에게 말을 이었다.

『맞아, 맞아. 그래서 그 사람에게서 받은 전언인데, 톤트인가 톤츠인가라고…….』

"톤투?"

크리스마스 요정의 이름이다.

『그래, 그런 이름이었나? 잘 모르겠지만, 아츠시 네게서 그것을 빌렸다던가 해서, 몸 상태에 이변이 일어날지도 모른다던데. 너, 몸 상태가 안 좋으냐?』

"몸은, 지극히 건강한데…….."

건성으로 대답하면서 아츠시가 보던 것은 자신의 손이었다.

어느 날, 갑자기 강해져버린 악력. 아는 점은 아버지와 어머니의 죽음과 같은 시기부터 생겼다는 사실 뿐이고, 원인으로 추정되는 점은 전혀 짐작이 가지 않았다.

유지로가 우려한 것은 이 힘이 아닐까?

──하지만 이 힘은 과거로 가기 전부터 있었고, 무엇보다 톤투에게서 축복을 받은 건 고작 얼마 전이잖아.

순서가 이상하다.

그렇다 해도 아츠시는 그것들을 품고서 과거로 날아갔다.

이것은 이미 달걀이 먼저인가 닭이 먼저인가 하는 문제일지도 모른다.

단 하나, 분명한 사실은…….

——유지로 씨는 부모님을 구해준 거구나.

그 뒤 회중시계의 효과가 끊어지고 나서 무슨 일이 일어났는지, 그것을 아츠시가 확인할 방도는 없다.

그래도 쇼타로의 말을 떠올렸다.

마법이라는 것은 자신을 위해서 쓸 수는 없다. 그는 분명 그렇게 말했지만, 이렇게도 말하지 않았던가?

——마법 자체는 효과를 발휘하지만, 어떻게 된 영문인지 마지막에는 틀어져버려.——

화재 사건이 일어나지 않았던 이유는 분명 유지로가 무언가 손을 썼기 때문이리라. 그것도 톤투의 축복을 써야만 할 정도로 큰일이었으리라.

그래서 과거는 바뀐 것이다.

다만, 그래도 그가 세상을 떠나 버린 이유는, 그것이 마법사 자신의 바람이었기 때문에.

쇼타로가 말하고 싶었던 바는 그런 것일지도 모른다.

아츠시는 밤하늘을 올려다보았다.

별이 된 그들은 아츠시도 구원해주었다.

『이봐, 아츠시, 듣고 있냐?』

그 상황에 통화 중이라는 사실을 떠올렸다.

"미안해, 아버지. 나중에 다시 걸게. ……그리고, 고마워. 전화해줘서 기뻤어."

『어이, 아츠시……. 갑자기 왜 그래?』

아버지는 아직 무언가 말했지만, 아츠시는 통화를 끊었다.

그런 다음, 신기한 표정을 짓는 앨리스에게 눈길을 주었다.

"전화, 이제 괜찮나요?"

──이 아이를 지켜야만 하는 이유가 또 하나 생겼구나.

평생을 걸쳐도 갚을 수 없는 은혜가 생겼다.

그래서 아츠시는 소녀의 앞에 몸을 웅크리고 앉아 시선을 맞추며 입을 열었다.

"아무래도, 난 네 아빠에게 도움을 받았나 봐."

"그런, 가요?"

고개를 갸웃거리는 앨리스의 손을 잡았다.

"그래. 그러니, 난 언제든지 네 곁에 있을게. 네가 곤란하면 제일 먼저 구하러 갈 거야."

마법사의 파트너로서가 아니라, 한 사람의 인간으로서.

──이 아이가 어른이 되고, 내 도움 같은 게 필요 없게 될 그날까지.

그렇게 말하자 앨리스의 얼굴은 순식간에 붉게 물들었다.

앨리스는 곤란한 듯이 고개를 돌리며 중얼거렸다.

"그런 소리를 들으면 부끄러워요."

그런 다음 이렇게 툭 덧붙였다.

"······불민하지만, 잘, 부탁합니다."

"응. 잘 부탁해, 앨리스."

"······네!"

그 얼굴을 보고서 아츠시는 눈을 크게 떴다.

앨리스는 미소를 지은 것이었다.

그 가족사진과 마찬가지로, 부드럽게 웃는 얼굴이었다.

그 얼굴을 보자 마침내 아츠시도 쇼타로가 말했던 보수에 대해서 떠올렸다.

——네 그 웃는 얼굴을 볼 수 있다면, 내가 분주하게 뛰어다닌 건 허사가 아니었어.

분명 이로써 된 것이다.

그런 두 사람을 지켜보듯이, 감벽의 하늘에는 Alice라는 이름이 붙은 별이 언제까지고 빛나고 있었다.

후기

여러분, 처음 뵙겠습니다. 그렇지 않은 독자분은 오랜만입니다. 『우리 커피점에는 작은 마법사가 들어앉아 있다』를 전해드린 테시마 후미노리라고 합니다.

쿠조 아츠시에게는 신경 쓰이는 여자아이가 있었다. 평일 대낮부터 란도셀을 짊어지고서 커피점에 들어앉아 있는 초등학생이 있는 것이다. 학교는 괜찮나? 그런 오지랖을 부린 탓에 '마법'에 관련된 신기한 사건에 말려 들어가는, 좀 이상한 커피점 판타지!

그렇게 뭐, 본작에서 말하는 마법은 이능 배틀적인 공격 마법이 아니라, 켈트의 드루이드 정령으로부터 전수된 비기 같은, 주문과 의식으로 사소한 기적을 일으키는 부류의 수수한 마법입니다.

마법에 얽힌 일이나 정령이나 요정이 일으키는 작은 사건을, 대학 재수생과 초등학생의 불균형한 콤비가 우왕좌왕하면서 해결해가는 모습을 즐겨주시면 좋겠습니다.

덧붙여서 패미통 문고에서는 석 달 전에 『프레임 암즈 걸: 귀엽다는 건 어떤 거야?』라는 노벨라이즈 작품을 썼습니다만, 실은 먼저 작업했던 글은 이쪽이었습니다.

기획 관계상 이쪽이 나중에 나오게 되었습니다만, 집필 상 굉장히 손이 가지 않는 아이였습니다.

보통 라노벨에서는 그다지 다루지 않을 만한 내용도 시험해도 좋다고 했습니다만, 담당자님과의 사전 협의도 순조롭게 진행된 데다가 리테이크도 거의 없어서 차분하게 작업할 수 있었던가요.

이러니저러니 해서 이번 기획은 패미통 문고 넥스트로 정해졌는데, 등표지에 적힌 FB의 문자도 흰색이거나 커버 분위기도 배경까지 충실히 묘사해서 다양한 의미로 의욕작이었습니다.

오래도록 함께 할 수 있으면 좋겠습니다.

그럼 작가의 향후 예정 말인데, 일단 10월에 GA문고에서 신작『마왕의 딸을 신부로 맞아 시골 생활을 시작했는데, 행복해지면 안 되나 보다(가제)』가 발매될 예정입니다. 제목대로 마왕의 딸과 행복한 시골 생활을 하고 싶은 마왕군 간부의 느긋한 판타지입니다.

또 하나, 가을쯤, 아마도 비슷한 시기에 HJ문고에서『마왕인 내가 노예 엘프를 신부로 삼았는데 어떻게 사랑하면 되지? 3』이 발매 예정입니다. ……두 작품 제목을 늘어놓으니 양쪽 다 마왕이고 그 내용이 굉장해졌는데 신경 쓰면 안 돼요.

그밖에, 올해 안에 예정도 몇 개쯤 있습니다만, 현 상태에서 보고드릴 수 있는 것은 이 정도까지일까요. 연말쯤에는 독자분들께서도 기뻐하실 만한 보고도 조금 있으니 기대하십시오.

그럼 이번에도 신세를 진 각 방면에 감사 인사.

이번 기획을 제안해주신 담당 G님. 배경도 포함해서 치밀하고 가련한 일러스트를 그려주신 카라스바 아메 님. 커버 디자인, 교정, 광고 등에 관여해주신 여러분. 오랜 시간 눌러앉은 데다 커피를 내리는 모습을 빤히 쳐다봐서 죄송합니다, 다치카와에 있는 모 커피점 여러분. 제가 감기에 걸렸을 때 슈퍼에 가거나 설거지를 해준 아이들. 무엇보다 이 책을 읽어주신 당신.

고맙습니다!

2017년 7월 감기가 도진 밤에 테시마 후미노리
아틀리에 달의 창 신관 http://teshima.exblog.jp/

작중에서 다음 작품 · 저작을 인용 또는 참고하였습니다.

『마더 구즈』1~4 번역: 타니카와 슌타로 (코단샤문고)

『요정 Who's Who』저자: K · 브릭스 번역: 이무라 키미에 (치쿠마문고)

또 작중에서 사용한 「스카보로 페어」의 번역은 인터넷 등을 참고해서 작중에 맞춰 일부 변경해서 사용했습니다.

BOKU NO COFFEE TEN NIHA CHISANA MAHOTSUKAI GA ISORO SHITEIRU
©Fuminori Teshima 2017
First published in Japan in 2017 by KADOKAWA CORPORATION, Tokyo.
Korean translation rights arranged with KADOKAWA CORPORATION, Tokyo.

우리 커피점에는 작은 마법사가 들어앉아 있다

2018년 9월 8일 1판 1쇄 인쇄
2018년 9월 15일 1판 1쇄 발행

저　　　자 테시마 후미노리
일 러 스 트 카라스바 아메
옮 긴 이 정우주
발 행 인 유재옥
본 부 장 조병권
담당편집자 김민지
편　　　집 강혜린 김다솜 김민지 김혜주 이문영 박은정 박상엽 정영길 조찬희
라이츠담당 박선희 오유진
디 지 털 최민성 박지혜
인쇄제작처 코리아피앤피
발 행 처 ㈜소미미디어
등　　　록 제2015-000008호
주　　　소 서울시 마포구 토정로 222, 403호 (신수동, 한국출판콘텐츠센터)
판　　　매 ㈜소미미디어
마 케 팅 한민지 이모토 요코
물　　　류 허석용 최태욱
전　　　화 편집부 (070)4164-3962, 3963 기획실 (02)567-3388
　　　　　　 판매 및 마케팅 (070)4165-6888, Fax (02)322-7665

ISBN 979-11-6190-838-0 04830
ISBN 979-11-6190-837-3 (세트)